庫JA

グイン・サーガ外伝㉔

リアード武侠傳奇・伝

牧野　修
天狼プロダクション監修

ja

早川書房

7114

THE LOST LEGEND OF LEARD
by
Osamu Makino
under the supervision
of
Tenro Production
2012

カバーイラスト／末弥 純

目次

初出『グイン・サーガ・ワールド』1、2、3、4
（2011年5月、8月、11月、2012年2月）

リアード武俠傳奇・伝

第一話　グイン、旅に出る

1

さてこれがおまえたちの聞きたい話なのかそうでないのか、私にはさっぱりわからないが、それでも私のおはなしを聞いているあいだ楽しめることだけは間違いない。何しろ私はアルフェットゥ語りなのだからな。

その日は特別な日だった。

なに、我らを迎えれば、それがすなわち特別な日であるということなのだがね。

すでに砂の底に隠れた陽に代えて火を灯し、あかあかと世界を照らす。

陽が沈めばたちまち眠りの砂を掛けられたように寝床につく善良な人《セム》たちが、今は女も子供も砂に腰をおろしわくわくと心ときめかしながら、グインたちの出番を今か今かと待っているのだ。その期待が嵐の砂粒のように我々の貌《おもて》をなぶる。その心地よい痛みが我々を奮い立たせる。

「客は集まっているか」

グインは神経質に何度も豹頭の仮面をなでさする。毎日毎晩休むことなくみがき続けているその見事なたくましい身体は、戦いを前にさらに大きくふくらんでいた。はりつめた心が、体中の毛を逆立てているからだ。

「客はいっぱいだよ」

私が言う。

「村中の大人と子供がここにあつまっているんだ」

最年少のイシュが自分の身体を抱いてガタガタと震えていた。その肩をラクの戦士の恰好をした諍《ナ》いをし《ナ》ない男《シ》がそっと抱く。

「大丈夫だよ、イシュちゃん。君は上手くできるョ。いつもそうだろう」

ナナシはイシュの耳元で大丈夫大丈夫と囁く。コトバは魔術だ。イシュの身体の中がダイジョウブで埋まっていく。

「さあ、始めるよ」

私はそう言って石琴を叩く。

乾いた空気に、石琴の音が刺すように広がっていく。私はその音に身体を任せる。すると私の中に、言うべきコトバがあふれてくる。ためにためた小便のように、言うべきコトバがあふれてくる。

アルフェットゥ語りの始まりだ。

——くるよくるよ、わがかむにぐるぐるりあーどさまりあーどさま。ここにひとすべてわっぱまですべてはらこまですべてはいつくばれ。

グインが衝立《ついたて》からゆっくりと歩き出て行く。

喜びの声が聞こえる。

思いがこみ上がりすぎて、あいあいと叫びだすものまでいる。

グインが中央で立ち止まった。私はその姿を見てはいないが、胸をはり巌《いわお》のように立っているその輝かしい姿は見ずとも、いや、見ないからこそよく見える。

語りを続ける。

——さてもかくも良き日につどいましてありがたしありがたし。

さてさてたみくさよ、たたえよ、たたえよ、我が勇猛にして果敢なるセムの武侠をば。そしてなにより語られるは中でもてっぺんにおらしめしまする、恐れ多くも畏くも、さばく神いくさ神神の中の神たるリアード陛下の、いかに裸の獣《オーム》どもをけちらしたるかであるのだよ。みたまえききたまえあじわいたまえ。

ナナシに肩をポンと叩かれ、イシュが衝立から飛び出した。村人たちの目にさらされると、アルフェットゥ尊《のみこと》にケツから魂を吹きこまれたように、背筋がしゃんとのびて震えがとまる。胸がぱんとはり、さかだった毛が身体を倍にふくらませる。

腰の剣をしゅっと音をたてて抜き放ち、頭上に掲げると言った。

「俺様はリアード様の一の子分、イシュトヴァーンだ。この剣の一振りで、環虫《リヨラト》の脚の数のオームの首を砂に散らしてみせようぞ」

グインが剣を抜く。

「モンゴールを砂に沈めよ！」

ここからが私――アルフェットゥ語りクサレマンジュウの本番だ。コトバによってありもしないオームの軍勢を見せなければならないのだから。

――肥える腹のような砂の果てから、嵐もかくやと砂煙が立ち込める。それはつまりあの醜き人食いの裸の獣《せむくぃのおーむ》の群れが怪物《ウマ》の背にまたがり襲い来る様なり。おんおんおんおんと砂むやみに品なく散らして人食いたちがやってくる。だが軍神リアード様が剣を振れば、ばっさばっさと裸の獣たちの足が飛ぶ。腕が飛ぶ。首が飛ぶ。

「われこそはリアード。この剣の前に醜き裸の獣どもよ、ひれ伏せ！」

興奮した客たちが拳を突き上げ声を上げた。

「どけどけどけ、人食いの怪物どもが！」

イシュが剣を振る。

闇と炎と興奮が、次々に倒される野蛮な裸の獣たちを客たちに見せる。

――だが卑怯なり、人食いの裸の獣ども。砂粒よりも大勢の兵士をノスフェラスへと送り込んでおったのだ。尽きぬ砂粒を敵とするがごとく、さすがのリアード様もイシュトヴァーンも、斬っても突いても倒しても次々に押し寄せる裸の獣どもに、少しずつおしやられていくではないか。

ああなんということであろうか。勇猛にして果敢なラクの戦士たちも、ひとりまた一人と怪物《オーム》どもの剣の前に無惨にも潰えていくのである。

しかしアルフェットゥ尊は正義が打ち倒されるのを黙ってみているお方ではない。その時ひとりの知将をリアード様の前に遣わしたのである。

衝立から軍神を意味する御印を顔に丹《に》で描き、弓矢で武装したセムの戦士そのものとなったナナシが飛び出した。

グインの前にひざまづき、普段とはまるで違うよく通る凛々しい声で言った。

「われはサライ。われに策あり」

「策とは」

グインが問う。

「イドの谷をつっきるのです、リアード様」

――おお、彼こそは悲劇の知将サライなり。彼の奇策が人々《セム》を救う！

おはなしはちょうどいいところであるが、このへんで私どもがなにものであるのかをはっきりさせておこうか。

私はクサレマンジュウ、通称クサレだ。どうして「腐《クサレマンジュウ》ったご馳走」などという名前をいただいているかというと、私がアルフェットゥ語りの一族に生まれたからである。

アルフェットゥ語りとは人《セム》であれば知らぬものはいないだろうが、ようするに我々の間に昔から伝わるおはなしを語って聞かせること、そして聞かせるもののことをいう。それは我々がどう生きるかを説く人の知恵でもあり、それと同時に舌に載った甘みと同じ無類の楽しみでもある。

おおよそのアルフェットゥ語りはひとりで石琴をひきながらかたる。しかしその中で「リアード武侠傳記」だけは役者を使い演じられる特別な演目だ。そのなかでも特に人気のあるのが「たまらずオームども退散の段」だ。

我々はこの「リアード武侠傳記――たまらずオームども退散の段」だけを演じてそれぞれの村を廻る一座《ギルド》のひとつ、豹頭座なのだ。それだけを演じるというが、最初から最後まで演じれば陽が昇り日が沈むのをいくつも繰り返さねば終わらない、とても長いおはなしなのだ。そして我々は、話が終わるまでその村で施しをいただいて暮らすのだ。

やがて話が終われば旅の支度を整えてもらって次の村へと旅立つ。

そういえば私の名前がなぜ役立たずを意味する「腐《クサレマンジュウ》ったご馳走」なのかをまだ説明していなかった。それは私がアルフェットゥ語りの一族に生まれたからなのだ。アルフェットゥ語りというものは、遠い昔からセムに起こった様々な出来事を、それを見つめ続けた神々に教えていただいて皆に語ることが生業である。我々は神の御言葉を聞きとり、それを人《セム》の言葉として話さなければならない。神は優しきアルフェットゥ尊でさえ、思い上がった人間どもには手厳しい。神のお言葉を聞きたければ、人など塵のような役立たずであるのだときちんとわかっている人間《セム》でなければならないのだ。だから代々アルフェットゥ語りに生まれたものは穢れた名前、汚い名前、愚かな名前をいただくのだ。人が神に比べればいかに愚かで汚れたものであるのかをあまねく知らしめすために。だからこそのクサレマンジュウなのだ。

舞台が終わった。

村人たちの感謝の声が高まる。足踏みと興奮のあまりのあいーあいーいああああと悲鳴にも近い喜びの声が聞こえる。

三人が声援に送られて衝立のこちら側に帰ってきた。

世話役たちが薪の火を消していく。貴重な灯りだ。長々とつけているわけにはいかない。一つ消すごとに客が静まり闇が深まる。客たちは火を分けてもらったかのように頬を赤く染め、それぞれの家へと戻っていく。今日は興奮でなかなか眠れないはずだ。

「良かったよ、イシュちゃん」

ナナシがイシュの肩を叩いた。

衝立の裏に入った途端に、イシュはへなへなと座り込んでしまったのだ。

「クサレ」

ぐいと背筋を伸ばしたままの姿勢で、グインは言った。だが豹頭の中の伏せ気味の目は、賢く優しい。リアードの役は、既に彼の身体から抜け出ていた。

「どういうことだろう。なんだか怖ろしい気分がするんだよ。あの星の明かりや風の音まで、なにやら厭な物を運んできているような気がするんだ」

「グインよ、リアードはそんなことを言うだろうか」

私が問うと、グインは腕を組んでしばらく考えてから言った。

「今の俺はグインだ。リアードじゃない。怖いものは怖いさ」

役者は皆、特別な力を持った者たちだ。それはアルフェットゥ語りの声を聞きながら人々の前に出ると、語られる役そのものになりきってしまえる力だ。普通に暮らしていたら、他人と己の区別がつかないなどというのは、病でしかないだろう。だからたいてい役者たちは役者であるとわかったとたん村の中で普通には暮らしにくくなる。役者というものは頭のおかしな病人と同じように扱われているからだ。

役者になる者たちは、幼い内に一度酷い熱を出して寝込むことになる。役者熱、とそれは呼ばれている。役者熱を出してからは、夢見るようにぼおっとした子供として育つが、まだこの時、その子供が役者になるのかどうかはわからない。幼子はよく病気に罹るものなのだ。だが村にアルフェットゥ語りがやってきたときに、彼が「役者」であったのかどうかがはっきりとする。

　演目が始まり語りが始まると、「役者」はどの役かの台詞をしゃべり出すのだ。初めて聞いたにもかかわらず、だ。そうなれば、その子供は間違いなく「役者」である。「役者」は、彼を開眼させたアルフェットゥ語りに付き従い、村を出なければならない。出なければ、役立たずの病人として生きるしかなくなる。親が手放さなかったばかりに、一生を仲間外れにされ寂しく生きた役者崩れは何度か見た。人《セム》はそれぞれ、人の数だけ生き方があり、どれがしあわせでどれがふしあわせかなどと他人が判断をくだすものではないが、私にはあのような生き方は耐えられない。だから役者であるとわかった子供たちは、できるだけ親を説得して一座に引き取るようにしている。たとえ人さらいなどと陰口を叩くものがいたとしても。

　グインはずいぶん前に私の一座に入った。その身体は逞しく大きく、リアード役にぴったりだった。私と出会ったのはまだまだ幼い子供の時であったが、彼は自らリアードのオームでの名であるグインを名乗っていた。役者熱を出して以来のことだと本人は言っていた。私は豹頭の仮面をグインに与えた。それから彼は片時も仮面を離しはしない。食事のときもだ。生まれつきの豹頭であるかのように、それをかぶったままだ。彼はグイン。これ以上ないリアードの役者だ。それが今、リアードには相応しくない不安を訴えている。俺はグインだと断ってまで。グインは本来悩み多き考え深い男なのだ。

「グインがそんなことを言うと、おいらも怖ろしくなるじゃないか」

イシュが言う。彼は一座の最年少だ。少し前までは荷物を運び、ナナシと共にモンゴールの軍勢やセムの兵士を演じていた。彼はそれまでイシュトヴァーン役をしていた男の弟子だった。イシュの名もその男からもらったものだ。やがて一人前になったらイシュトヴァーンを名乗れ。そう言っていた男が、腹に毒が回る病であっさりと死んだ。私は埋葬のカタリを語り、砂の中へと彼を埋めた。本来ならそこでイシュもイシュトヴァーンを名乗らねばならないのだが、最年少である彼は、まだまだその名を継げないと、未だイシュと呼ばれることを望んだ。そして私はそれを許した。

「しかし、何が起こると言うんだね」

優しい声でナナシは言う。それがあらゆる声を出せるナナシの普段の声だ。

「僕たちはただの旅の一座だよ。旅の最中ならまだしも、こんな村の中でどんな怖ろしい目に遭うというんだい。砂虫《リョラト》にでも食われるというのかね」

役者はたいていアルフェットゥ語りの登場人物にその身を似せる。その声を似せ、その結果心を似せる。だが役者の人数は少ない。役者熱を出す子供がそうたくさんいるわけでもないし、その中から本物の役者になるものはさらに少ないのだ。だからどれほど運のいい一座であったにしても、一つの物語を語るには役者の人数が足らない。だから多くの役を一人で演じることの出来る役者がどうしても必要になる。これがいなければ、まず一座そのものが成り立たないのだ。ところがこういう役者は非常に少ない。だれにでもなれるということは誰でもないということだ。そんな事に耐えられる役者はそうそうたくさんはいない。だから仕方なく、雑多な役は私のようなアルフェットゥ語りが演じることでなんとかやり過ごすことが多い。あるいはカタリの内容を変えて、人数を減らすこともするが、たいていの語りはぎりぎりの人間で出来るようになっており、それ以上役を省くと話がおかしくなってくるものなのだ。

ナナシは役者の中の役者だった。彼は何にでもなれるのに自分を見失わない。私も長い間アルフェットゥ語りをしているが、ここまで器用にすべての役を演じることの出来る役者は見たことがない。彼は我が一座の至宝なのである。

そのナナシがグインに訊ねる。

「グイン、あんたはいったいどんな怖ろしいことが我々に起こるというの」

「それは俺にもわからないのだけどね……」

舞台では決して見せない気弱な顔で、グインは呟いた。

と、それから急に夜の闇に目をやる。

見えぬ闇の底をじっと見つめ、それから首を傾げて何かを聞き取ろうとした。

「聞こえるか」

　グインは言った。

「何がだね」

　私が問う。

「鳴き声だよ。これはおそらく……狼《ガルル》」

　みんなの顔が青ざめた。

　群れとなって人を襲う巨大な獣、砂漠オオカミ。それは人《セム》にとって死神に等しい。

「おう、よかった」

　闇の向こうから声を掛けられた。

　気丈にもグインはその声の方へ向き、胸をはって立った。だが尾は正直だ。だらりと力なく垂れ、ともすれば股の間に隠れようとしている。怖ろしいのだ。彼は旅役者グインであり、決して英雄リアードではないのだから。

「誰だ」

　舞台で鍛えた、よく通る声でそう言った。

「隣のグロの村から来た」

　一歩、男が前に出た。

　その後ろにも黒毛のグロたちが控えていた。グロは我々ラクよりもずっと戦いを好むセムだ。わざわざ日が暮れてから訪れるものに、油断はできなかった。夕暮れに砂漠をうろつくものは幽霊か化け物かだ。

先頭に立った男が言う。

「俺たちは隣にあるグロの村から荷を運んできたんだ。村長《むらおさ》からの命令で、食べ物を運ぶ途中だ。この村に〈雨の小屋〉はあるか」

最近のノスフェラスでは雨なるものが降るようになった。空からざぶざぶと水が降ってくるのだ。今までの土の家では、この〈雨〉というものに耐えられない。隙間からじくじくと水が染み入ってくることがよくあるのだ。暮らすのに少し気持ちが滅入る程度なら我慢するが、そのせいで食べ物が腐ってしまうことがよく起こる。保存用のイワヒユやコケがイヤな臭いのゴミに変わり、干した砂トカゲの肉は色が変わりどろどろに溶けてしまう。そこで人《セム》は工夫をして、岩を削り組み合わせ小屋をつくることを考え出したのだ。

工夫とは神の知恵そのものである。それを神々から拝借するときは、神への感謝と称賛の気持ちが必要であり、神の御業《みわざ》をいただくに足る覚悟が必要である。〈雨の小屋〉も神の知恵だ。たとえ人が始め人が伝えたところで、それがもともとは神の知恵であることに変わりはない。だから人は小屋をつくる前とつくったときに神に祈りを捧げるのだ。それを人に与えてくださった神へありがとうございますという気持ちをそうやって伝えるのだ。

「〈雨の小屋〉があればなんとする」

言ったのは村長だった。我々がグロたちと話しているのを村人の誰かが報告したのだろう。いつの間にかグインの横に並んでいた。

グロの男が答えた。

「この向こうにあるグロの村まで運ぶ途中なのだ。夜の砂漠を越えることがいかに危険なことかわかっているだろう。俺達にしてもここまで来るのが精一杯だった。大量の干し肉を持っている。急に雨でもふられたら台無しになる。だから一晩の間〈雨の小屋〉を貸して欲しいといっているだけだ。おまえたちは黒毛のグロには〈雨の小屋〉を貸せぬというのか」

むっとした顔で村長を睨んだ。

「何を言う。先走るな。互いに同じ人《セム》ではないか。なんでそのような非情なことを言うものか。しかし村長としては、どうしてこんな夜遅くになってから荷を運んでいるのだと訊かねばなるまい」

先頭の男が即座に答えた。

「物売りと交渉していて遅くなってしまったのだ。今日キタイの物売りから大量の干し肉を買い付けた。ところが荷があまりにも多過ぎるために、村にある小屋では入りきらんのだ。それで向こうのグロの村と分け合おうと運んでいた。最初からちょっと難しいなと思っていたのだが、途中で砂虫に襲われて遠回りをすることになった。こうなると今日中にグロの村に着くのはまず無理だ。夜もさらに遅くなってから動くのはまずいと思って、ここに寄せてもらったのだ」

「なるほど」

腕組みして聞いていた村長は深く頷いた。

「わかった。それであるのならさぞお困りだろう。この村で泊まっていってもらって結構だ。寝床も用意しよう。荷物もここに置いておけばよいではないか」

「雨だ。雨が降ったらどうなる」

「絶対降らぬとは言えない。だが雨にしてもそうそう降るものではない」

「ならば山積みとなった干し肉が雨で腐れば、それをお前たちが新しい干し肉と交換してくれると言うのだな」

「それは無理だ」

「ならば〈雨の小屋〉を借りたいという俺達の気持ちもわかるだろう」

ノスフェラスの人間は雨に慣れていない。不意に空から落ちてくる水は、喉を潤しもするが、同時に様々なものを腐らし駄目にしてしまう。雨の予告があれば良いのだが、たいていは突然黒雲と共に訪れ、すべてを濡らして去っていくのだ。「濡れてはならぬ物」を持ってしまったものが雨を恐れるのはよくわかる。しかし私の意見を訊かれるのなら、こう答えるだろう。雨に濡れ困るようなものを大量に持つことが悪いのだ、と。まあ、それも生涯旅をするものの言う戯言と言われればそれまでだが。

「それでも〈雨の小屋〉を貸せぬか」

グロの男が言った。

村長は毅然として答える。

「我々も陽が落ち暗くなった今、離れにある〈雨の小屋〉に向かうのは怖ろしい。屈強なおまえたちですら怖れる砂漠の夜だ。それはわかってもらえるだろう」

「だから〈雨の小屋〉を貸せぬというのか」

グロの男は村長を睨みにじり寄る。

いや違うと村長が言う前に、男は語気も荒く村長へと詰め寄った。

「そうかそうか、わかったぞ。やはり噂は本当だったのだな。この村ではグロを馬鹿にしていると聞いていた。戦い好きのろくでなしだと笑っているのだと」

まてまてと手でグロを押さえるようにして村長は話をする。

「頼むからきちんと最後まで話を聞いてくれ。場所は教える。小屋の鍵も渡そう。だがこの小さな村には戦えるような男はいない。年寄りと女子供ばかりが残された村なのだ。だから夜の道案内だけは許して欲しいのだ」

「それは本当のことか」

グロの男は村長を睨みつける。

「何を言っているのだ。知っているだろう。我々セムが嘘をつけないことを」

「そうだ、確かにセムは嘘をつかない。だからこの時間に外に出るのが怖ろしいのは事実だろう。だがなあ、親切なラクが、どうして我々の願いをそうも簡単に断るかと言えば、それはつまり我々グロをないがしろにしているからに違いないのだ」

「違う違う違う。それは間違いだ」

村長が慌ててそう言う。

その時グインが一歩前に出た。

ちょっと様子がおかしいとは思った。

その態度は舞台の上での、役に入ったグインの態度なのだ。

「我々が護衛しよう」

グインははっきりとそう言った。

驚いたのはグロの男でも村長でもない。我々三人だった。

グインは話を続けた。

「その〈雨の小屋〉とやらまで案内に一人欲しい。だが約束しよう。間違いなく我々がここまで連れ帰ると」

「グイン、それは……」

後ろから私が声を掛けた。

振り返ったグインは、いつものグインの声と態度で言った。

「心配するな」

どうやら何かが勝手に憑いてしまったわけではないようだ。

「リアード様ならどう言うか考えたんだよ。間違いない、リアード様ならそう言うね。護衛をしようって」

「……なるほど。わかった。リアード様がそう言うなら当然おいらはついていくぜ」

そう言ったのはイシュだ。あの気弱な表情が消えているところを見ると、どうやらこちらの方は役に入ってしまっているようだ。

ナナシが私の方を見て肩をすくめた。

「我々では道がわからない。グインの言うように、誰かに案内はしてもらえるのか」

私が村長にそう言うと、村長は困り果てた顔で言った。

「もちろん護衛を申し出てくれたのはありがたいのだが、先程も言ったように夜の砂漠にでていくのはあまりにも危険過ぎる。私は村長として誰も危ない目にはあわせたくないのだ」

「待ってください」

声の方をみんなが見た。

そこに立っているのは若い女だった。

「マヴォ……」

村長が呟く。

「私が行きます」

淡い緑の目をした少女は、まっすぐに村長を見つめてそう言った。

「〈雨の小屋〉までの道はよく知っています。荷を幾度も運びましたから」

「しかし……」

悩む村長に、マヴォと呼ばれた少女は言葉を重ねた。

「腕にも覚えがあります。そしてなによりリアード様と共に仕事が出来るのを光栄に思います」

少女はグインの前にひざまづき深く頭を下げた。

「ちょっと待った。頭を上げてくれ。俺たちはただの役者だよ」

グインが言った。

「役者ですか」

不思議そうな顔でマヴォは顔を上げた。

アルフェットゥ語りを知りながら、役者のことも芝居のことも、よくわかっていない村人は多い。何故なら芝居とは嘘《カタリ》だからだ。嘘とはつまり事実に反したことを故意にいうことなのだが、これは普通のセムには出来ないことなのだ。セムは嘘をつけない、というのは本当だ。そして事実に反したことを故意にいう特別な能力を持った人間《セム》が我らアルフェットゥ語りの一族だ。そして本人が完全に信じ切っているが故に、そうでない人間であるかのようにふるまえる役者もまた嘘をつける特別な人間《セム》なのだ。

そのことがどうしてもわからない客はたくさんいる。マヴォもその一人のようだった。

「まあいいさ。グインはリアード様と似たようなものなんだよ」

そう言ったのはナナシだ。

「え、それは、それはどうかな」

「それでいいんだよ」

私は戸惑うグインの広く大きな背中をぽんと叩いた。

「そういうことだ。我々が一緒にいってやろう。それで、荷物はどこにあるんだ」

「そこにあるよ」

そう言うとグロの男は、甲高い遠吠えのような声を上げた。

すると驚くべきことに、砂漠オオカミたちがはあはあと息をつきながら闇の中から現れたではないか。

グインとイシュとが同時に剣を抜いた。だがそれはどちらも刃のないただの飾り物だ。

しかし本人たちもそんなことをすっかり忘れているようだった。

「まてまて、早まるな」

グロの男が二人をいさめた。

「あれは砂ソリだ。砂ソリをオオカミたちに牽かせているのだ」

なるほど狼たちは革紐で繋がれており、その後ろには皮で巻いた長い板を二本敷いた大きな箱があった。その箱には編んだ袋が幾つも積み込まれていた。

「まさか、狼があれを引っ張るのか」

私がそう訊ねると、グロの男たちの後ろから一人のオームが現れた。

絵に描いたような笑みを浮かべたオームの男だ。頭のてっぺんに黒い髪をまとめて結い、ふとく編んで垂らしている。

「そうなんですの」

キタイ風の襟をした青く長い外套の下は黄色い筒袖。これは、この辺りでのキタイの物売りの制服のようなものだ。これに昔は先がそりかえった黒革のクツを履いていたが、それではノスフェラスを歩き回るには不便なのだろう。最近ではこの見たこともない獣皮でつくられた長靴を履いている。

「あれは砂ソリと言いまして、とても便利なものですのよ」

キタイの物売りたちはみんなこのおかしな女のような喋り方をする。最初にセムの言葉を学んだ誰かが間違えて教えたのだろうか。とにかくキタイの物売りたちはこの奇妙な喋り方をする。これは昔風の年増女の喋り方なのだが、今こんな喋り方をする人間《セム》は少ない。もしかしたらもういないのかもしれない。キタイの物売りたちだけが、古い年増女の言葉遣いを保っているのだ。

「あらあら、まだ自己紹介をしておりませんでしたわね。始めまして。あたくし、キタイの物売りでございます」

キタイの物売りは名を名乗らない。皆が皆物売りとしか言わないし我々も呼ばない。どの物売りも様子が似ており、もしかしたらすべてが同じ男なのではないのかと思うこともある。この男もまた、そんなキタイの物売りなのである。

「商品は最後まで我々が面倒をみますので、この砂ソリも提供させていただきましたの。あなた方が一緒に行ってくださるって聞いて、もうねえ、あなた方に心から感謝しておりますのよ」

そう言うと、ほむほむほむ、とこれまたキタイの物売りすべてに共通する奇妙な笑い方をした。

「その狼《ガルル》は何なのだ。狼が人に慣れるなど聞いたことがない」

私はその物売りに訊ねた。

「あれは砂ソリでございますわよ」

「それはわかった。だから私が訊いているのは、あの狼はいったいどうしたんだと訊いているんだ。狼は決して人《セム》に慣れたりしない。もちろんオームにも慣れない。ただ一人、リアード様だけは別だがね」

ほむほむほむ、とキタイの物売りはまた奇妙な笑い声を上げた。

「キタイの方には、こういった獣を自在に操ることの出来る技術が最近開発されましてね、それで自由に操れるようになったのでございますわよ」

「それでいいのか」

村長はグロの男を見て言った。

「人《セム》としてそんなものを使うことは正しいのか、グロの男よ」

グロの男はじっと村長を睨みつけて応える。

「これは俺たちの村長がこの村の人間《セム》にも何度も伝えたはずだ。我々は未だにセス川を越えてくる裸の獣《オーム》たちに襲われることがある。あの下等なセム食いどもは、皆新しい武器を持っている。欠けやすい石刀よりは金属の剣。そして剣から身を守りたいのなら鉄の盾。共に武装しようと何度も俺たちの村長はここに話し合いに来たはずだ。俺たちはもっと強くなれる。強くなければ滅ぶだけだ。新しいものを怖れるな。ノスフェラスが変わったように俺たちも変わるのだ。それが何であろうと、使うのはセムだ。正しきセムが使えばそれは正しいものなのだ」

後ろでニコニコと笑いながら物売りがうなずく。

「それは間違いだ」

村長が言った。

「悪しきものを持てば心も悪くなる。それがセムだ。オームどもが悪しき心を捨てられないのは、オームどもがそのような悪しきものを使っているからだ」

「しかしそれならすべてのオームが悪しきものであるということになるな。だが知っているように、すべてのオームが悪しきものというわけでもない。それは道具が決めるのではないのだ。人が決めるのだ」

「まあいい」

村長は深く溜息をついた。

「このことはこれ以上ここで話しても決着がつくわけではない。いずれにしてもラクは困ったものに手を貸すことを惜しみはしない。たとえそれがどのような考えの持ち主であろうと。我らは誇り高き人間《セム》なのだからね」

「さて、ぐずぐずしていても仕方がない。早速行きましょうか」

私は言った。夜は深くなればなるほど不可思議な闇の力で支配される。

「えっ、クサレも行くの」

驚いたのはナナシだ。

「私は一座の世話をする役目だからね。ああ、ナナシはここで待っていてください。大丈夫」いつものナナシを真似て私は言った。「すぐに戻ってきますから。それじゃあ」

私はマヴォの方を向いた。

「案内してもらえますか」

「はい」

大きな声で返事をすると、マヴォは闇深き砂漠へと踏み出していった。

その後ろをグインが、そしてイシュが。

砂ソリはその後ろからついていき、荷物を囲むようにグロの男たちが歩く。

私は物売りと一緒に一番後ろを歩く。キタイの男と喋ることはあまりない。物売りたちはコトバを操る。それはまさにカタルために操る嘘のコトバだ。コトバは魔道だ。裸《オーム》の獣たちは黒だの白だのと魔道を分けて言うが、我々にとっては同じようなものだ。それは誰かの何かを伝える道具だったものの残骸だ。コトバは流行病のように広がっていき、多くは災いをなす。クサリ肉にたかるハエのように、災いをなすコトバは欲の周りに群れるのだ。そしてそれらがまた災いのコトバを振りまく。物売りはそんなオームの代表なのだ。

「我々と喋ると心が穢れるとでも言いたい顔をしてるわねぇ」

物売りは言った。

「穢れると言いたいのだ」

私は言う。だが薄闇の中、月明かりの下でも、物売りがニコニコと笑っているのがわかった。まったく心の内が読めない。嘘のないセムとは正反対の生き物なのだ。

「おまえたちのコトバは汚いコトバだ」

私は付け加えた。

心の内、考えの中の中は誰にも見えない。見えたように見えたとしてもそれは影だ。考えとはそのようなものであり、人の考えは決して他の人間にはわからない。もし人の考えを伝えようとするとき、コトバを使おうとするのなら、それはそのときすでにしくじることが予定されているのだ。にもかかわらずコトバは、考えや思いを伝えるために生まれたわけで、だからコトバというものはその誕生からすでにいつわりであり嘘なのだ。私たち《セム》はそれを知っているから、コトバに重きを置かない。だがアルフェットゥ語《カタリ》りの一族である私はカタリが生業であり、できぬこと、語れぬことを語り継ぐことこそが私たちの仕事なのである。戦士が身体を鍛え、老人が知恵を鍛えるように、我々はコトバを鍛える。それが私の仕事なのである。だからこのように考え、このように話す。しかしセムのコトバを知らぬオームには、その意味をきちんと伝えることはさらに難しい。

私は「おまえたちのコトバは汚いコトバだ」と言ったはずなのだが、そして物売りは人《セム》のコトバを知っているはずなのに、物売りはニヤニヤと笑いながらこう言った。

「いずれあなたたちもコトバを上手く使うようになれるわよ」

物売りの考えることはよくわからない。もちろん物売りたちも人間《セム》のことをわからないだろう。だがきっと、物売りたちはそんなものはわかりたくもないのだろう。彼らの望みは理解することではなく、儲けることなのだから。

マヴォを先頭に、我々は夜の砂漠を進む。

夜に砂漠を歩くと、月がいかにこの世を明るく照らしているかを知ることになる。

我々は明かりを持っていない。明かりを持つとかえって危険な生き物や妖魔の類を引き寄せてしまうからだ。そして月明かりだけで、我々《セム》は充分砂漠を進むことが出来るのだ。

ついさっきまで風が吹き荒れていた。まるで我々が小屋へと向かうのを食い止めたいかのように。

風は砂を運び、飛ばし、我々の足跡はすっかり消えてしまっていた。そして風が止んでまっさらになった砂の上に、今度はくっきりと砂ソリの跡と、みんなの足跡が残されていく。

我々はオームたちが本を読むように、砂を読む。砂はお喋りなのだ。裸の獣《オーム》たちにはわからない多くのことを、我々に教えてくれる。

たとえ夜であろうとマヴォが我々を案内できるのは、砂を読むことが出来るからだ。

オームにとってはどこを見ても同じような砂ばかりに見えているのだろうが、我々には砂粒ひとつひとつが意味を持って語りかけてきているのだ。

「あれがそうです」

先頭のマヴォが先を指差した。

月光に照らされ、ぼんやりと輝く白い箱が見えてきた。

大きな大きな四角い箱。それが石を削り組み合わせつくられた〈雨の小屋〉だ。

ソリが止められた。

狼たちは驚くほどおとなしい。止まれと言われれば止まる。動くなと言えば、きっと死ぬまでそこでじっとしているだろう。そのおとなしさが私には怖ろしい。

私がそんなことを考えている間に、小屋は開けられ中に袋が積まれていった。のぞいてみたら、中にはもともと何も入っていなかったようだ。空の小屋に袋が積み上げられていく。

グインとイシュは油断なく周囲を見回していた。

しかしあのオオカミたちより危険なものが襲ってくるような気配はなかった。

男たちは黙々と荷を積み込み、あっという間にすべての袋を小屋の中に積み込んでしまった。あれだけ入れても、まだまだ小屋には余裕があった。

最後にマヴォが扉を閉め鍵を掛けるのを見とどけたその途端、また激しく風が吹き始めた。

ぱらぱらと小屋の石壁に砂のぶつかる音がうるさい。

砂嵐にはならないだろうが、それでも我々は急いでもときた道を戻る。たとえ風で砂漠の形が変わろうと正確に来た道をなぞって村へと戻っていく。それは人《セム》なら簡単に出来ることなのだ。

大風は村に着く直前に止んだ。

何事も起こらなかった。もちろんそれは良いことなのだが、誰もが少し拍子抜けだったのは間違いない。なにしろあれほど出掛ける前に案内をよこせ嫌だともめたのだから。とはいえ恐ろしい夜の砂漠を無事に往復したのだ。喜ばしいことに間違いはない。

だが無事村に戻ってからも、グインはなにやら考え込んでいる様子だった。

村で最後まで待っていてくれたのは村長だけだった。グロの男たちは村長に案内されて、それぞれが枯れ草の寝床に潜り込んでいるはずだ。

そして我々もあてがわれた小屋の中で四人揃ってごろりと横になっていた。たちまちイシュのいびきが聞こえてきた。続けてナナシの寝息が聞こえ始める。私は一座の長として、こういうときは、どうしても最後まで起きている。みんなが眠るのを見とどけてからでないと眠りに就けないのだ。

今日はアルフェットゥ語りの初日だ。たいていは疲れてすぐに眠り込んでしまう。ところが今日に限り、私の隣で横になっているグインの気配がなかなか消えない。つまり眠っていないのだ。

「どうした、グイン。明日も早いぞ。早く寝ろ」

とうとう私はそう声を掛けた。

「気になるのだ」

「何が」

「何か良くないことが起こるような気がして仕方がないのだ」

「もうそれは終わったのかと思っていたが」

「私もそう思っていたよ。悪いこととはこの〈雨の小屋〉の騒動のことだろうとね。ところが違ったようだ。何も起こらなかった」

「予感が外れたということじゃないのかね」

「そう思いたいのだが、不安は消えない」

「それはわざわざ『不安』と口にするからなのではないのか」

「かもしれないが、そうでないかもしれない。わかるのは胸の奥にいやな感じが生まれて消えないことだ。いや、すまん、悪かった。寝るようにするよ」

そう言ってしばらくすると、寝息が聞こえてきた。私もグインの寝息を聞きながら、いつの間にかぐっすりと眠っていた。

2

翌朝も晴天だった。

あの嫌らしい雨が降ることはなかった。

何も大騒ぎすることはない。何を不安に思うこともない。すべてはなるようになる。かくてこの世はしかるべき。もって砂のごとしだ。

我々が目覚めたときには、もうグロの男たちは〈雨の小屋〉に向かっていた。マヴォの道案内もなしだ。同じ人間《セム》であるなら、たとえ夜であろうと一度行った場所に行くのに間違えるものはいない。

グロの男たちは小屋から荷を出したら、いったんここまで小屋の鍵を返しに戻ってくるはずだ。まだ村長や我々に挨拶もしていないからだ。グロの男たちも礼節は守る。それが人《セム》だからだ。

「おはよう」

イシュはにこやかな顔で朝の挨拶をした。その手に持っているのは、刃のない嘘の剣だ。

「それをどうするつもりだね」

「これ、稽古ですよ」

ほうっ、と声を掛けて剣を振った。

それから立て続けに、ふんっ、はあっ、と声を上げ、見えない敵と戦っている。何かの時には、まさかあれで戦うつもりなのだろうか。確かにそれは鉄製だが、剣になど使えない粗悪な鉄で出来ている上に刃がないのだ。いざというときがあったとしても、石刀以下というか、枯れ枝程度にしか役に立たないだろう。それを知っているのか知らないのか、イシュは役に入ったように真剣に剣を振っている。

もしかしたらイシュはグインの言う「嫌な予感」と同じものを感じているのかもしれない。そしてその「不安」に立ち向かおうとして偽の剣を振っているのかもしれない。

子供たちのはしゃぐ声が聞こえる。

グインの周りに子供たちが集まって遊んでいるのだ。早々に起きてから、ずっと子供たちの相手をしている。英雄リアードはどこに行っても子供たちに大人気だった。そしてグインは子供たちが大好きだった。

大きな身体のグインは、子供たちを腕に抱え背中に昇らせ、振り回し、そして時には振り回され、押さえつけられ、蹴られ殴られ、こらー、と怒鳴りつけ追い回し、子供たちはこれ以上この世に楽しいことがあるだろうかと思わせるような歓声をあげて走り回り転げ回る。

しあわせというものはこういう形をしているのだろうなと思いながらそれを見ていると、砂煙をあげてソリが帰ってきた。

怖ろしい勢いだ。

そしてその後ろから黒毛のグロたちが駆け込んでくる。

男は何事かと待ちかまえる私の前に立つと、熱い息を吐きながら言った。

「どういうことだ！」

凄い剣幕だが、何を言っているのかさっぱりわからない。

「どうした。なにがあったんだ」

「おまえか！」

男が怒鳴る。

「おまえがやったのか！」

摑みかかりそうな勢いだ。

「何があったんだ。それを言ってくれないとさっぱりわからない」

「どうしたんだね」

後ろから現れたのは村長だった。

「白々しいぞ。俺たちの荷物をどこにやったのかと訊いているのだ」

「どこに……荷物がなくなっていたのか」

「そうだ。まさか、本当に知らないのか」

「何度も言うようだが、我々は嘘をつけない。知らないものは知らないとしか言いようがない。おまえも同じ人間《セム》としてそれは充分にわかっているはずだろう」

　グロの男は黙り込んだ。

「説明してくれないか。何があったんだ」

　村長に言われて、男はふてくされたように説明を始めた。

「今朝、〈雨の小屋〉に向かった。行く途中には何もなかった。知ったところを歩く限り、昼の砂漠に怖れるものはない。村の中を散歩するようなものだ。〈雨の小屋〉にはすぐついた。で、戸を開いてみると、中には何も入っていなかったんだ」

「何にも」

　私が訊いた。

「そうだ、何にも。しまった盗まれた。俺はそう思った。だから慌ててここに戻ってきた。あそこに荷物を入れたことを知っているのは、この村の人間だ。だから誰かが先に行って荷物を盗み出した。さあ、返せ」

　喋っている間にまた興奮してきたようだ。

「鍵は掛かっていたのか」

私が言うと、男は不思議そうな顔をした。

「掛かっていたよ。俺が鍵を掛けたのだ。掛かっていて当たり前だろう」

「盗まれたのなら、その鍵を誰かが開けたことになるのだが、鍵は昨晩からおまえに預けてあったはずだ」

村長が男に鍵を渡したままだったのを私は見ていたのだ。

「そうだ……鍵は俺が持っていた」

「じゃあ、他のものは中に入れない」

「同じ鍵を持っていたのだ。それなら入れる」

私は村長を見た。

「鍵は一本、おまえの持って行った鍵だけだ」

意をくんで村長は言った。

「合い鍵を隠してるんじゃないの」

のそりと現れたのはキタイの物売りだ。物売りもグロの男たちと一緒にソリを牽いて〈雨の小屋〉まで行っていたのだ。

「合い鍵とはなんだ」

村長が訊ねると、物売りは笑いながら言った。

「鍵を無くしても困らないように、同じ鍵をつくっておくことがあるのよ。その鍵のことを合い鍵と呼ぶのよ」

「そんなものはない」

村長はあっさりと言った。

「ないと言ったって隠し持っているかも、ねえ」

とグロの男を見たが、グロの男は怒った顔で言った。

「村長はないと言ってるじゃないか。だからないんだ」

「セムにも嘘をつくことが出来る人間がいるそうじゃないの。村長がそうじゃないの?」

「セムであるならば、嘘をつくことはとても特別な力なのだ」

私は物売りの前に立って、その長い顎を見上げながら言った。

「私はいくつもの村を巡ってきたが、我々アルフェットゥ語り以外にそんな人間に会ったことはない。もしいたら、村では有名なはずだ。もし疑うのなら村の人間に尋ねてみるが良い。セムがみんな嘘をつくなどと言うことはない。村長が嘘をつく能力を持っているなら、必ず誰かがそう答えるだろう」

「あなたはアルフェットゥ語りよね」

「そうだ」

　私は胸をはる。

「アルフェットゥ語りは嘘をつく力があるんでしょ」

「その通りだ。我々は語りカタル。真実でないものから真実を導き出す力を持っているのだ」

「ややこしいことはどうでもいいけど、つまり嘘をつけるわけよね」

「そうだ」

「じゃあ、あなたが犯人かもしれない」

「ふざけたことを言うもんじゃない」

　前に一歩出たのはグインだった。セムの中では巨軀だけれど、オームを相手にすると見上げるしかない。が、少しも臆することなく胸をはってグインは言う。

「アルフェットゥ語りは自分のために嘘をついたりはしない、決して」

「あっそう。じゃあ犯人じゃないわね」

　物売りはあっさりと引き下がった。

「もう一度、〈雨の小屋〉まで行ってもらえるか」

　私は言った。

「何のためにだ」

　グロの男は言う。

「小屋の様子を私も見てみたい。何かがわかるかもしれない」

「何かとは犯人のことか」

「そうだ」

「わかった。おまえがそう言うのなら、一緒に行こう。物売り、おまえも行くか」

「もちろん行かせてもらいますわよ」

ほむほむほむと男は笑う。

「よし決まった。それでは行こう」

私はそう言うとイシュとナナシを見て言った。

「ああ、他のみんなはここに残っていてくれ。全員で行くほどのこともないだろう。昼間だから危険でもないだろうしね」

砂ソリの必要もない。旅の準備も必要ない。

私とグロの男、そして物売りの三人はその足で〈雨の小屋〉へと向かった。

夜はその道のりを遠く感じたが、太陽の下を歩けばそれほどでもない。

すぐに〈雨の小屋〉が見えてきた。

私はここに至るまでに思ったことを訊ねてみる。

「昨日の夜は風が激しかった。幾度も風が砂を運んだ」

私はグロの男の顔を見ながら言った。

「だから帰るぎりぎりまでずっと大風が砂をなぶり、ソリの跡も足跡も、帰り道の途中、村にたどり着く寸前までの分は消えてしまった」

グロの男は頷いた。

キタイの物売りは興味深そうな顔で見ている。

「ところが村の近くに昨日つけられた足跡は、おまえが出掛ける前にも残っていたのを私は見ている。つまりそれは、みんなが帰ってきてからは、足跡を吹き消すほどの風が吹かなかったということだ。思い出してくれ。ここに来たとき、〈雨の小屋〉の周りに足跡は残っていたか」

「なかった」

すぐに答えが返ってきた。

「あらま、いくら何でもそんなのを覚えているかしらね」

「覚えている。俺は人《セム》だからな」

グロの男はそう言って胸をはった。

我々《セム》は砂を読む。だからこそ、足跡のことを覚えている。オームたちが書物の中に絵が描いてあったら、どんな絵かは別にして、絵が描いてあったことそのものに気づかないことはないだろう。砂の上の足跡が、まったくなかったのか、それとも残っていたのか、はそれほど目立つ。

「砂は無垢だった。足跡もなにもなしだ」

「それはつまり、私たちがここを離れてからは、この小屋を誰も訪れていないということを意味する。そうだな」

グロの男は不審そうに頷いた。

「で、何が言いたいんだ」

「昨晩荷物を小屋に入れてから、誰もあの小屋に近づいてはいない、ってことを言いたいのよね」

物売りが言った。

「えっ、そうなのか」

男が言う。

「そうなんだよ」

私は答える。

「考えても見ろ。どうやって足跡をつけずにここにくるんだ」

グロの男は腕を組んで考え込んだ。

「わからん」

もともと考えることが苦手なようだ。いや、それが普通の人《セム》というものだ。考えるためにコトバを駆使するのは我々アルフェットゥ語りか、皆を束ねるためにどうしてもコトバの技術を磨かなければならない村長ぐらいのものだ。

「でもねえ、何かで足跡をかき消しながら帰ったらどうなるかしら」

にやにや笑いながら物売りは言った。

「そんなことをして砂を乱したら、足跡よりもはっきりと跡がつくだろう。それを読めない人《セム》などはいないだろう。グロだってそれぐらいは読み取れるだろうなあ」

私がそう言うと、グロの男は一歩私に近づいて睨みながら言った。

「何がグロだってそれぐらい、だ。馬鹿にするな。足跡をかき乱した跡は砂にくっきりと残される。そんなものがわからないはずがないだろう」

「となると、誰かが近づいたなら、何故足跡が残っていない。風だって吹いていなかったのに」

考え込むグロの男を見て、私はあることを思いついた。

「ちょっと聞きたいのだが、最初小屋に来たとき、ここの扉は鍵が掛かっていたのか」

少し考えて男は答えた。

「開いていた。鍵は掛かっていなかった」

何も入っていない小屋には鍵を掛けない。そう考える人間《セム》は多いだろう。だいたい、もともとが鍵というものを知ったのが最近なのだ。〈雨の小屋〉のような、ものを入れておく小屋をつくると、鍵を掛けておけとキタイの物売りが勧めるのだ。そうでないと人食いの裸の獣どもがすべてを根こそぎ奪っていくぞ、と。

たいていのセムはそれで初めて鍵というものを知ったはずだ。

「ということは、今も」

取っ手を摑み、引っ張るが、鍵は掛かっていた。

「念のためだ。空っぽのままでも封をしておかねばならないと思ったのだ」

鍵を私に手渡す。私はそれを鍵穴に差し入れる。鍵も錠もキタイの物売りから買ったものだ。セムは〈雨の小屋〉をつくりだした。それで充分だ。鍵も物売りから学べばつくれるだろうが、セムは誰も学びたいとは思わないだろう。

がちゃりと音がして、錠が開く。

取っ手を引くと、岩の扉がぎしぎしと音を立てて開いていく。

中は空っぽだ。

何にも入っていない。

だが何か違和感があった。何がどうかわからないが、昨夜とは印象が異なるのだ。あれは夜だったから、印象が違うのももっともだとは思うが、それでもそんなことじゃなく、何かが違っているのだと感じる。だがどうしてもその「感じている何か」の正体を知ることが出来ない。ただ何かが異なるのだ。

「わかったか。何もない。見に来たら何もなかったんだ」

　グロの男はそう言うと項垂《うなだ》れた。

「俺はどうすれば良いんだ」

　その場に座り込み、頭を掻きむしりだした。

　この男が荷を運んできたグロたちの頭領なのだろう。グロがこのような失敗に対してどのような罪を与えるのか知らないが、あれだけの量の干し肉を失ったのだ。寛容なラクの人間《セム》であったとしても、棒で死ぬほど背を打たれるだろう。グロの刑罰など想像できないが、大の男が座り込んで頭を抱えて怯えるほどのものであることはわかった。

「まあ、仕方ない。何がどうなったのかはわからないが、命まで取られるわけでもない」

　そう言うと、男はきっ、と顔を上げ私を睨んだ。

「村はこれに対してとんでもない金を使っているのだ」

「かね？」

　私は首をひねった。

「かねというのはオームたちが使うあの金貨というやつか」

「そうだ」

　オームのすることはどれもこれも品がなく馬鹿げているが、その中でも金貨ほど奇妙なものはない。干し肉は食える。毛皮は暖かい。しかし金貨に何が出来る。あれに価値があると言っているのはオームたちだけだ。何の役にも立たないあれを、貴重な塩と交換しろなどというキタイの物売りがいたが、それは塩をこの場で捨てろと言っているのにひとしい。何しろ金貨の価値を保証しているのは、信用ならぬオームたちなのだ。

「おまえたちの村ではかねを使ってものを手に入れているのかね」

男はうなずいた。

「キタイの物売りはものとものを交換するのを嫌がる。金を使えと言ってくる。だからずいぶん前から、俺たちの村ではキタイとの取り引きに金を使っているのだ」

奴らのやり方は知っている。ちょうど交換するものがないときに、村で必要である乾いた薪や珍しい織物などを持ってくる。交換するものがないというと、それならこの売り物は金貨何枚分と交換できる。金貨を稼ぐには、と、たとえば荷物を運ばせたり狩りを手伝わせたりして、その分の謝礼だとして金貨を渡し、それとものを交換する。これを繰り返し、金貨の意味を教え込み、ものとものではなく、ものと親切やものと気持ちよさなどが金貨によって交換できることを教える。やがて金貨はものだけではなく、万物の尺度になっていく。まさしく悪魔の業だ。どうやらこの男の村は、キタイの悪魔の力に屈したのだろう。だがもちろん、旅のアルフェットゥ語りがグロの男たちに説教するようなことはない。我々の言うことはすべて戯れ言なのだから。

「俺たちはあの荷を手に入れるのに、キタイの物売りからたくさんの金を借りた。それを村のみんなはこれからも返していかねばならないんだ。長い長い間働くのだ。親が死ねば子が。その子が老いればさらにその子が。考えられないほどの長い間、その代わりに手に入るものが何もなくなったというのに」

　私は驚いた。確かに大量の袋だったが、所詮は干し肉だ。

「いくら何でもそれほど価値のあるものじゃあないだろうに」

「干し肉だけじゃないのよ」

　物売りが間に入ってきた。

「彼らはね、大金を払って大事な大事な秘密の品を手に入れたのよ」ともったいぶる。

　面倒なので私が何も訊ねないと、我慢できず物売りは言った。

「それはね、〈滅びの赤〉なのよ」

「まさか……」

　私は言葉が出てこなかった。

「まさかそんなものが……」

〈滅びの赤〉というのは、アルフェットゥ語りの中に出てくる、神々の武器のひとつだ。もちろん見たことなどない。長い間アルフェットゥ語りとして旅を続けているが、これこそまさに嘘《カタリ》だろうと思っていた。

「本当にそんなものがあるのかね」

私が訊くと、物売りは本当に嬉しそうにほむほむほむほむと笑った。

「あった、が正しいわね。私が彼らに売ったのだから、もうないわよ」

伝説の武器〈滅びの赤〉。アルフェットゥ語りの中では、砂漠の怪物に襲われ危機に陥った信心深いセムのところに神が届けてくれることになっている。その力は凄まじく、堅いものを叩きつけたり、火を点けたりすると、天が裂けるような大きな音を立てて弾け、あっという間にそこにあるものを微塵に引き千切りふきとばしてしまうのだという。

それこそまさに我々アルフェットゥ語りの使うカタリの真骨頂である嘘の塊だと思っていた。まさかそれが現実にあるとは……。

「それはどこで手に入れたんだね」

思わず私は物売りに訊ねていた。

「残念ながら私も知らないのよね。だから二度と入手は出来ませんの。それをまさか無くしてしまうなんてね。干し肉なんて〈滅びの赤〉のおまけみたいなものよ」

「何故そんなものを、グロの村長は〈滅びの赤〉を手に入れようなどと思ったのだ」

「セムを救うためだ。執拗なオームの馬鹿どもが、二度とセムに手を出さないために、セムの代表として手に入れたのだ。〈滅びの赤〉を持つものに、誰も手出しは出来ないからな」

「それは……」

愚かであると、そう思う。だがこのグロの男にそんなことは言えない。変わりつつあるノスフェラスに多くのセムは不安を覚えていた。そしてオームが何をするかに怯えている。強力な力さえあれば自分を守れるのに。そう思ったグロの村長の気持ちはよくわかるからだ。とはいえ相手の拳が大きいからと、より大きな拳を持とうとするなら、やがてその拳を己の力で持ち上げることもできなくなるだろう。

「誰かが盗んだ。それは間違いない」

そう言うと男は立ち上がった。黙り込んだ私に苛立ったのかもしれない。

「そうだろうか」

私は言った。

「誰かが盗んだのなら、小屋の周りに足跡をつけずにどうやって近づくのだね」

グロの男は再び黙り込んだ。しかしもともとあまりこんなことを考え込むタイプでもないようだ。

「理屈はわからん。しかし中にあるものが消えたのだ。つまり誰かが盗んだんだ。どのようにやったかなんて、犯人を捕まえて聞き出せばいいんだ」

おまえか、と男は今にも私に摑みかかりそうだ。

「待て待て。ちょっと村に戻って、村長に判断を任せてはどうだろうか。何かわからないが、どうも私には裏があるような気がしてならないのだ」

「裏とはなんだ」

「この中で嘘をつけるたった一人の男のことだよ」

「あらまあ、嘘をつける男と言えばあなたしかいないんじゃなくて」

物売りは私を指差した。

「私はアルフェットゥ尊に仕える身だ。アルフェットゥ語りになったその日に約束をしているのだ。けっして自らのためにこの嘘を使わないと」

「あたしはいろいろなものをこの目で見てきたのだけれど、最も奇怪な罪を犯すのは、何かの使命感を持った人間だったわね。あなたのような」

「何とでも言うがいい。だがどこのセムでもかまわない。我々アルフェットゥ語りが私の言うとおり、自分のために嘘をつかないという誓いをしているのかどうか訊ねてみればわかる。誰だってそんなことぐらいは知っている。それはキタイの物売りが砂イタチのように小狡いことと同じぐらい誰でも知っていることだ。とにかく、何も疚《やま》しいことがないのなら、いったんセムの村に戻ってきちんと話をしようではないか。物事に裏があるかどうか……裏……裏」

喋りながら、喋っている己のコトバに引っ掛かってしまった。

裏と表。

頭の中でもやもやと動いていた霧が、何かの形をとろうとしていた。まるで砂が勝手に地面に絵を描くように、それは形をとっていく。

「壁の裏……岩の裏……なるほど。その小屋に鍵を掛けてくれないか。今ならもしかしたら間に合うかもしれない」

男は意味のわからぬ顔だ。

「鍵を掛けてどうする」

「どうもしない。おまえも言ったではないか。空っぽのままでも封をしておかねばならないと思った、とね。とにかく鍵を掛けてみてくれないか」

不審な顔で、それでも男は小屋の戸に鍵を掛けた。

「さあ、これで村長のところにいったん戻るんだ」

「ラクの村長がグロを裁くというのか」

「裁くわけではない。判断してもらうのだ。どうするのが一番なのか」

「どうでもいいけど、現物を返してもらえない限りお金は返せませんからね」

物売りが言った。

「現物を返すのは無理かもしれないが、それでも金などという馬鹿げたものを返す必要はないかもしれない」

「どういうことだ」

「だからそれを判断してもらうのに、いったん村に戻ろう」

3

待ちかまえていた村長に、小屋の中には何も入っていなかったことをまず告げた。

「このままなら、グロの男たちは責任を取ってたいへんな目にあわされるでしょう」

「さらに言わせてもらうなら」

物売りが口を挟んできた。

「小屋を管理するものとして村長、あなたの責任もあるわけなのよ」

「責任？」

村長が首をひねる。聞き慣れない言葉だからだ。

「誇りに近いコトバかもしれない。ようするにこのキタイの物売りは、自分の持っている小屋で起こったことなのだから、村長もその罪を背負うべきだと言ってるのだ」

「なるほど。それならわからなくもない。しかしどうしろというのだ」

「どうすることもないかもしれない」

私が言うと、物売りが頭の上から言った。

「責任がないとは言わせませんよ」

「だいたいわかってきたのだ」

「何がわかったんだ」

グロの男が訊ねた。

「黒毛のグロにも、ラクの村長にも、そして我々にも罪はないということだ」

「どういうことかしら」

「もう一度、私はグインとイシュを連れてあの小屋に行く」

「また行くの」

うんざりした声を出したのは物売りだった。

「行ってどうするのだね」

村長が訊ねた。

「グインとイシュの二人に剣を渡してもらえないか。芝居で使っている剣はものを切れない飾りの剣だ。石刀を渡してもらえればありがたいのですが」

「それなら」

物売りは背負った大きな袋から、二振りの剣を出してきた。おそらくオームの使う短剣だろう。我々が使えば、ちょうど一振りの刀となる大きさだ。

「高価なものですが、お貸ししてもかまいませんわよ。ですがその前に、何に使うのかさえ教えていただければね」

「悪い虫を退治するのだよ」

「悪い虫？」

「そう。もう一度グロの男とキタイの物売りにはついてきてもらわないと困る」

「行ったら何をみせてもらえるのかしらねぇ」

物売りが問う。

「見てもらうのが一番早い。おそらく間違いないはずだ」

私はグィンとイシュを伴い、また〈雨の小屋〉へと向かった。それほど離れてはいないといえ、朝から何度も行ったり来たりを繰り返している。陽はもう真上にはない。陽が砂に呑まれるのにはまだ間があるだろうが、それでもこれで帰ってからもう一度見に来るときは陽が暮れているだろう。今日はこれで最後だ。私としても、これをきちんと解決してから、今夜のアルフェットゥ語りを始めたかった。

〈雨の小屋〉が見えてきた。

「これを」

私は手にした鍵をみんなに見せた。

「今から小屋を開ける。グィンとイシュは剣を構えて待っていてくれ」

私は鍵穴に鍵を差し入れゆっくりと回す。がちゃりと音がして錠が開く。取っ手を持って、グインとイシュに目配せしてから、ぎしぎしと開いていく。

「中に入ると危ないんだが」

言いながら私は中を見回した。

「外から手の届く範囲でいい。壁を剣で突いてもらえるか」

グインが入口の前に立った。

「気を付けて」

私は声を掛ける。

堅く剣を握りしめるグインの拳がかすかに震えていた。ぶつぶつと何事か呟いている。よく聞くと「俺はリアード、俺はリアード」と繰り返していた。

それから大きく息を吐き、決意したように思い切り息を吸ってから中へと身を乗り出した。

ふんっ！

息をつめ手にした剣で岩壁を突いた。

途端。

壁がめりめりと裂け、棘《とげ》のような牙の生えた大口が開いた。

その四隅が捲り上がり、ゆらゆらと波のように蠢く。

と、小屋の中の岩壁が鱗のように一斉にめくり上がった。

短剣を突き立てられた岩壁の一部は、岩肌をした大ナメクジとなって、グインの腕に巻き付こうとした。

押し潰したような声を上げてグインが素早く腕を引いた。

危ういところで尻餅をつきそうになる。

私は慌てて岩戸を押し閉めた。

が、重い戸を閉め切る前に、わらわらとそれが二体這い出てきた。

立ち竦むグロの男。

ひょえっ、と奇妙な声を上げて逃げ出すキタイの物売り。

グインは砂に落ちたそれを、狂ったように短剣で突く。斬る。

悲鳴のような声を上げて、イシュは這ってくるもう一体のそれを蹴り上げた。

だが蹴った足にぐるりと巻き付いてくる。

「グイン！　グイン！」

イシュは片足で跳ねながら助けを呼んだ。

何が起こるかわかっていながら強ばっていた私は、ようやくその足にしがみついたそれ――パクリを摑む。

白濁した涎を飛ばしながら大口が開いた。

それを押さえつけながらイシュの足からパクリを引き剝がそうとする。

途中からグロの男が加勢してくれた。

ようやく引き剝がし、砂に叩きつける。

裏返しになって落ちたそれは、白く管になった無数の濡れた脚を蠢かせて、ぐねぐねと身体を歪める。

それをグインとイシュが剣で突いた。

突いては裂く。

未だひくひくと動いてはいるが、跳びかかってくる力はもうない。

灰色の薄汚い汁を垂らしながら、こうして二体のパクリはようやく息絶えたのだった。

グインもイシュも、そこに尻餅をついて肩で息をしている。芝居とは違い、本当に剣を持って何かと戦ったことは、二人とも一度もないのだ。

戸の向こうで、がつっ、がつっ、と堅いものがぶつかる音がしている。

壁一面にしがみついていたパクリが獲物を逃すまいと暴れているのだ。

「これは……パクリ」

グロの男が薄汚い怪物の死骸を見下ろして言った。

「なに、なによこれ」

物売りが言う。

「オームはイワモドキと呼んでいたのじゃないのか」

「イワモドキ、それはなんなのよ」

私は物売りの顔を見上げた。

見上げて睨みつけた。

物売りは私の顔を見下ろし、言った。

「なんでコワイ顔をしてるのよ。なにかおかしいことでも言ったかしら」

「ノスフェラスまでやってきてセムと商いをするようなキタイの物売りが、イワモドキの名を知らない？」

「知らないものは知らないわよ。仕方ないじゃない」

私は何も言わず、じっと物売りの顔を見た。

嘘をつくものは嘘を知る。

物売りは嘘をついている。

いずれにしても、キタイの物売りは信用できる相手ではない。その言葉はすべて我欲のための嘘だ。だがそうなると、逆に嘘の真意を見抜くのは難しくなる。匙一杯の粥に混ざった砂粒はすぐにわかっても、砂漠で一粒の砂を探すのが難しいように。

「アルフェットゥ語りよ。これはいったいどういうことなんだ」

困惑した顔でグロの男は言った。

「何でパクリがあんなところに隠れていたんだ」

「その〈滅びの赤〉というものは大きいのか」

私は逆に訊ねた。

「いいや、これぐらいのものだ」

男は両手で子供の頭ほどの大きさを示した。

「あのパクリの腹に収まるようなものか」

「……ああ、柔らかい土みたいなものだからな……ちょっと待ってくれ。なんてことだ、干し肉と一緒に〈滅びの赤〉も奴らが全部食っちまったってことか」

「おそらく間違いないだろうな」

「ああ、なんてこった」

グロの男はまた頭を抱えて座り込んだ。

「村中で稼いだ金をパクリの餌に換えてしまったのか」

「男よ」

グインはグロの男に手を貸して立ち上がらせた。

「おまえは誇り高い黒毛のグロの戦士であろう」

啜り泣きながら男は頷いた。

「ならば堂々としていろ」

グインはまるでリアードであるかのようにそう言った。

「これはおまえの失敗というだけではなさそうだ。そうじゃないのか、クサレ」

「その通りだよ。さあ、歩こう。村までとにかく戻るんだ」

「いっとくけど、何があったにしろすべてあたしが商品を売った後のことですからね」

物売りは言った。

私たちはそれを無視して、村へとひたすら歩いた。

どうすればいいのだろう。

私は足らぬ思慮を嘆きながら、それでも最善をなすにはどうすればいいのか考えながら歩き続けた。

村では村長が子供たちと一緒に我々を待ちかまえていた。

「どうだった。何かわかったのか」

村長が訊ねた。

「パクリだ」

私は答えた。

「パクリがいったい」

「あの小屋の中にパクリが無数に隠れていた。壁の真似をしていたのだ。荷物は全部そのパクリの腹の中におさまったんだ」

「〈滅びの赤〉もなのか」

「どうもそうらしい」

物売りが何かを言おうとしたので、私はそれを押しのけて言った。

「最初に物を入れたときも私は中を覗き見た。そしてその時よりもさっきは若干中が狭くなっているように思ったのだ。何も入っていないにもかかわらずね。だからもしものことを考えてあの二人に剣を持ってついてきてもらったのだ」

「なるほど」

村長は腕を組んで考え込む。

「しかしそれなら、パクリはいつ中に入ったんだね」

「それだよ、私が悩んでいたのは。どうやらパクリがあの小屋の中に潜んでいて、すべてを食ってしまったのでは、とそこまでは考えた。そしてまさにその通りだったわけだが、しかしそれじゃあ、いつパクリが中に入ったのか、だ。最初に荷物を入れたときは確かにもっと広かった。つまりその時にはパクリはいなかった」

「それはどうかしらねえ」

物売りが口を挟む。

「あんな物が貼り付いていたかどうかなんて、なかなか気づかないのじゃないかしら。それに、奴らも腹一杯食べたから肥え太って、小屋が狭くなったのかもしれないじゃないの」

「なるほどそれは一理ある」

村長はそう言った。

「だがもしそうであるなら」

私は説明を続けた。

「グロの男たちが荷物を運び入れているときに何故襲わない。奴らは人《セム》が大好物だ。おまえたちオームが人《セム》を食うようにな」

「言っておきますけども、キタイの人間でセムの肉を食う物は一人もいません。そんなまずい肉よりもずっと旨い物がキタイにはありますのよ」

「その汚い口が食う物に、味など関係があるのか」

「あんた、何かとつっかかるわよね」

物売りはのし掛かるように真上から私を睨んだ。

「何が言いたいのかしら」

私は物売りを見返して言った。

「あんたが袋の中に何体かのパクリを入れておいたんだ」

「なんだと」

グロの男たちが殺気立つ。

「それは本当か」

「何を言い出すかと思ったら、馬鹿じゃないの。あの小屋は最初扉が開いていた。鍵なんか掛かっていなかったのよ。その間にいくらでもイワモドキは入り込むことが出来たわ。そして奴らは待っていた。男たちがたくさんいるので、今出て行くとやられると本能的に思ったからよ。何のために奴らは岩に姿を似せていると思ってるの。奇襲して油断している獲物を捕らえるために決まってるじゃない。何人も敵がいたら、奴らが危険を察知して隠れていてもおかしくないんじゃないのかしら。というよりも、いったい何の証拠があってあたしがそんなことをしたと言ってるのかしら」

「証拠はない」

私は答えた。

物売りが苦笑した。

「話にならないわね。じゃあ、仮にあたしがやったとしてよ、いったい何のために。もうお金もいただいてるのよ。ここまで荷を運んできたのは、商売人としての責任から、善意でやっているのよ。それをまあ、よくもそんなことが言えるわねえ」

「ラクのアルフェットゥ語りよ」

グロの男が言った。

「あまりこの男を悪く言うのは止めてくれ」

「何故だね」

意外な申し出だった。

「それは……」

セムは誤魔化すためのコトバを持っていない。だからグロの男は正直に語った。

「この男を怒らせても損するだけだからだ。これは事故だ。それをわかってもらえたら、いくらかは返してもらえるかもしれないじゃないか」

まったく駆け引きとは無縁の台詞を男は言った。

ほむほむほむほむと物売りは笑った。

「そりゃないわよ」

言い放つ。

「あなたたちは失った物のために一生、いや一族何代にもわたってあたしに金を払い続けるのよ」

グロの男がまたへなへなと砂の上に座り込んでしまった。この村の男たちは皆、キタイの「金」の呪術をかけられてしまったのだ。金貨などという不浄なものを使った結果がこれなのだ。

「干し肉はなんとかなる」

村長が口を開いた。

ああ、と男は頷いた。

「問題は〈滅びの赤〉だな」

今度は無言で頷く。

「これは我々ラクが聞いた話だ。そしておそらく一生他の誰かに話すことはないと思っていた。それを話すのだから、心して聞きなさい」

村長は話を始めた。

「昔からセムは〈滅びの赤〉のことを知っていた。それは彼らアルフェットゥ語りが昔から話してきた話の中に出てくるからだ。それは本当にあったことかもしれないが、限りなく夢の中に出てくる食べ物に近く、決して本当に腹を満たすものではなかった。ところがある日を境に、〈滅びの赤〉がどこにあるのか知っている者がいる、という噂が流れた。旅のオームが〈滅びの赤〉を手にしてラクの村にたどり着いたというのがその噂なのだが、私はその先に何が起こったのかを知っているのだ」

「まさか」私は言った。「そのオームがたどり着いた村は——」

「そうだ。この村にそのオームはやってきた。当時の村長は私の親父だった。私はまだ若かった。そのオームは村長の家に運び込まれた。そこに私もいた。オームは服も身体もぼろぼろになって、どうやって〈滅びの赤〉を手に入れたのかを親父に伝えると、とうとう死んでしまった。オームの持ってきたのは小さな小さな湿った石ころだったが、それに石を投げてぶつけると、神々が怒りをぶつけたかと思えるほどの大きな音とともにに、石ころが置かれていた岩を粉々に砕いてしまった。石を投げた勇者は、吹き飛ばされた岩のかけらに頭を撃ち抜かれて死んだ。それはそれは怖ろしかった」

村長はその時のことを思い出したのか、目を閉じしばらく黙っていた。

「腰が抜けるほどたまげたもんだ」溜息とともに話を続ける。「それが本物の〈滅びの赤〉であることは間違いなかった。親父はその場所を私に伝えた。おまえが死ぬときは息子に伝えろと言ってな。セムであるなら誰でも、それが怖ろしい悪魔の知恵だということを知っている。だから場所を知ってからも、今までは決してそんなものを求めることはなかった。グロの男よ」

村長は頭領らしき先頭の男に言った。

「正しいセムなら、そんなものを求めはしないだろう。そんなものでセムの平和は訪れない。それどころか考えなく悪魔の知恵を使うと、より救いようのない窮地に落ちるのだ。今のおまえたちがそうであるようにな」

村長はグロの男を見る。グロの男が村長を見返す。二人はしばらく睨み合っていた。

そしてとうとう村長が口を開いた。

「だが目の前で困っている人間を見捨てることも、同じセムとして出来ない。干し肉はいくらか都合をつけてあげよう。しかし〈滅びの赤〉は――」

「〈滅びの赤〉がどこにあるのか、村長は知っているのだな」

訊ねたのはグインだった。

何となく嫌な予感がした。それは役に入っているグインの態度だったからだ。

「はっきりとではないが、伝え聞いてはおる」

「グロの男よ」

グインは言った。

「なんだ」

役に入ったグインはただならぬ威厳を感じさせる。精一杯の虚勢を張って男はグインを睨んだ。

「その〈滅びの赤〉が手に入ればセムに平和が訪れるというのは事実か」

「ああ、俺たちはそう信じている」

「わかった。俺もおまえを信じよう。村長、その場所というのを教えてもらえないか」

「グイン」

私はグインの肩を抑えた。濃い毛の下で、筋肉が固く盛り上がっていた。見れば尾はぴんと反りかえっている。グインは心身共にリアードへと変わっている。それでも私は止めねばならない。

「グイン、おまえのやろうとしていることは、正しいことじゃない。知恵も工夫も、人《セム》の手に収まることではない。それは神のものだ。まして〈滅びの赤〉などというものは、触れてはならない悪魔の知識だ」

「それはわかっている。クサレの言いたいことを俺は充分わかっているのだ。だがな、俺はセムの力を信じたい。たとえオームはそれで滅びようと、セムは決してそんな馬鹿げたことにはならないと」

「駄目だ」

　私は言った。

「今おまえはリアードになって喋っているのだ。思い出せ。おまえはグインだ。役者のグインだ。善良なるセムの男だ」

「それはわかっているよ」

　私を見たグインの目は、いつもの優しいグインの目だ。

「なあ、クサレ。俺はセムがこの世で最も優れた生き物だと思っているんだ。少なくとも野蛮なオームたちよりはずっと優れていると思うんだよ」

「だからといって神の知恵を使いこなせると思うのは傲慢が過ぎる」

「そう言われることはわかってるけどね。それでも、どうだろう、ここはやれるだけやって、それからを神に委ねてみては。神々がそれは思い上がりだと仰るなら、その時は俺が天の罰を受ける。第一、そこのグロの男たちは、このままではどんな怖ろしい目にあわされるかわからないんだ。困った人間《セム》を助けるのは、良きセムの務めじゃなかったのか」

「その通りだ！」

イシュが拳を突き上げてそう言った。

「イシュよ」

苦言を伝えるべく私が口を開きかけたとき、

「僕もグインが正しいと思うんだ」

そう言ったのはナナシだった。

「やるべきことをやってみたらどうかな、クサレ」

ナナシが自分の意見を述べるのは本当に珍しい。どのようなものであろうと、決定したことに従うのがナナシだったのに。

「セムはセムの未来を自分の手で摑むべきだと思うんだよ」

優しい優しい声でナナシはそう言った。

私は決断せねばならないようだ。

「……おまえたちの意見はよくわかった。今世界は変わろうとしている。その時には今までの古いセムのしきたりが濡れた薪のように役立たずになっているのかもしれない。

そしてセムは今までに無かった新しい考えで新しい世界へと挑まねばならないだろう。

そして、なるほどそのような新しいことをするのなら、村や村の仕組みと関わりが薄い私たちのような旅のセムがそれをすべきかもしれない」

　私は腕を組み、しばらく考えた。そして村長を見て、言った。

「どうだろう、村長。あなたは我々にその〈滅びの赤〉があった場所を教える気はあるのか。もしその気があるのなら、我々は今すぐに〈滅びの赤〉を手に入れるための旅に出よう。だがそうでないなら、その知恵はこの村の長だけが知るものとするのなら、我々はいつものようにここに留まり最後まで芝居を演じたら立ち去ろう。どちらにするか、それは村長が決めてくれ。なにがあろうとかくてこの世はしかるべき。もって砂の如しだ」

「お願いします」

　あの喧嘩っ早いグロの男たちが、その場に座り込み、砂に額がつくほど頭を下げた。

「感激したわ」

　物売りが言った。

「素晴らしいわよ。これはセムの新しい世界の始まりね。私もキタイの商人として何でも協力しましょう。そうね、もし探しに出掛けるのなら、あの砂ソリと旅の道具を一式揃えることにしますわ。他に必要なものがあったら何でも言ってくださいな」

　まだ行くと決まったわけでもないのに、そう言ってニコニコと物売りは笑う。

　村長は黙り宙を見上げていたが、足下に這《は》いつくばるグロの男たちを見てから、長々と息を吐いた。

その場にしゃがみ込む。

そしてグロの頭領の肩を抱きかかえるようにしてその頭を上げさせた。

「セムはいつも誇り高くありなさい。さあ、頭を上げて」

「しかし――」

「わかりました。道をお教えしましょう」

おお、と思わずグロの男たちが声を漏らして立ち上がる。

「ありがとう。本当にありがとう」

グロの男は涙を流し、村長の手を握って礼を言った。

「礼なら、このアルフェットゥ語りたちに言いなさい」

村長に言われ、私たちに向かって礼を言おうとする男を止めて私は言った。

「まだ〈滅びの赤〉が見つかると決まったわけじゃない。礼は無事に〈滅びの赤〉を持ち帰ってから言ってくれ。さてと、それじゃあ早速その場所をお教え願えますか」

村長が口を開こうとしたときだった。

「私が道案内をします」

そう言って一人の少女が前に出てきた。

それは〈雨の小屋〉までの道案内を買って出たあの少女――マヴォだった。

「マヴォ、またむちゃなことを」

　苦々しい顔で村長はそう言った。

　少女は村長の前に立つと言った。

「お父様、お許しください」

　なるほど彼女は村長の娘だったのか。

「実は私は、いつか一人ででも〈滅びの赤〉を探しに出掛けるつもりでした。初めてお父様からそのお話を聞いたときにそう決意したのです。〈滅びの赤〉こそがセムの命運を決めるものだと、そう思ってきたのです」

「マヴォよ。無茶なことを言うものじゃない。いいかね、おまえは大事な私の一人娘だ。やがては婿を取ってこの村を治めねばならない大事な跡取りだ」

「ならば、その婿になりそうな誰かを今決めてしまえばよいのです。そしてその男に村長の役目を継がせればいい。いずれにしてもお父様は私の意見など訊くつもりが無いのでしょうから」

「そんなことは言っておらんだろう」

　弱り果てた顔で村長は言う。

「今の私に結婚を勧めるのなら同じことです。お父様、お願いです。すべてのセムの未来が、今この時に決まろうとしているのですよ。私にその手助けをさせてください。お願いします」

マヴォは砂に片膝をついて頭を下げた。尾は礼儀正しく従順の位置でじっとしている。躾の行き届いた娘なのだ。

「帰ってきたらどんなことでも聞きましょう。結婚だってその時に決めてくださって結構です。ですから、お願いです。この旅の案内を私にお任せください」

村長は黙って娘を見下ろしていた。

「道案内なんかいらないわよ」

言ったのは物売りだ。

「ここで道を教えてもらったら、それで充分ですわよ」

満面の笑みを浮かべ物売りはそう言った。が、村長は見事なほどそれを無視して、娘に答えた。

「わかった」

「なによそれ、失礼しちゃうわね」

憮然とする物売りを尻目に、マヴォは飛び上がって喜んだ。

「俺も連れて行ってくれ」

そう言ったのはグロの男だ。

「そう言うのは当然のことだが」

私は言いながらグロの男に近づいた。

「ここは我々に任せてもらえないか。人数が増えれば増えるほど荷物も増える。準備にも時間が掛かる。我々は旅慣れている。今すぐ出掛けることだって可能だ。頼む。我々を信用して、この村で待っていてくれないか」

グロの男はしばらく考えていたが、すぐに顔を上げてこういった。

「わかった。おまえを信じよう。必ず〈滅びの赤〉を持ち帰ってくれ」

「ありがとう。必ず持って帰るから信じて待っていてくれ」

「あたしは一緒に行くわよ」

そう言ったのは物売りだ。

「砂ソリだって提供するのよ。その他旅の手助けになるものをいくらでも差し上げますわよ。だから一緒に行かせてもらいます」

「我々だけで充分だ」

グインが憮然とした声でそう言った。だが物売りはめげない。

「役に立ちますわよ。旅の道具もいろいろとご用意しておりますし」

すっかり物売りの口調になっている。

「おまえなんか必要ないと言ってるんだ」

そう言ったのはイシュだ。ナナシが頷いているところを見ると、全員同じ意見のようだった。しかし……。

「じゃあ、連れて行ってやろう」

私は言った。

グインもイシュもナナシまでもが気の毒なほど驚いていた。

「なんでこんな奴を」

イシュだ。

「何がこんな奴よ」

物売りが怒鳴る。

「こんな奴だからだ」

私は言った。

「ここに残しておくよりも、連れて行った方がまだましだ。きっとこいつはセムに災いを訪れさせるためにここに来たのだ。だから我々でしっかりと見張っていた方が、村に置いておくよりもずっと安心できる」

「なるほど、わかった」

グインはそう言った。

「そういうことなら連れて行こう」

イシュが言う。

これで旅の仲間は揃った。この六人で〈滅びの赤〉を探し出す旅に出ることになる。先のことはわからない。人《セム》は今出来ることを今するだけだ。

グロの男もグインも、そしてラクの娘マヴォも、明日の世界のことを考える。それはもうセムの仕事ではない。新しいセムがどこに行くのか。私はそれを見届けることにしよう。見届けて、それをカタルのだ。それだけが良きアルフェットゥ語りの仕事なのだから。

かくてこの世はしかるべき。もって砂の如し。

第二話　グイン、村へと入る

1

さて、話の続きを始めようか。何しろそれが私の仕事なのだから。

夜明けに、我々は村を出た。

早朝のノスフェラスはきびしい父親がふと見せる笑みのように優しい。それは大気に混ざった朝露の柔らかさだ。夜の手厳しい冷気の名残もまた優しく肌をなでる。

一日の始まりの心地良さは、このように神によって約束されたものだ。アルフェットゥ尊はかくも慈悲深い。次の日も次の日も、またその次の日も、我々は祝福された朝を迎えた。私は日々の安泰をアルフェットゥ尊に感謝する。旅は順調であり、心配すべき何事も起こらなかった。その日の朝も爽やかな素晴らしい朝だった。にもかかわらずグインの顔は曇っていた。いや、豹頭の仮面に表情などないのだが、その目に、その口元に、憂いがヒルのように貼りついているのは誰の目にも明らかだ。彼を悩ませているものがなんなのか、今は彼自身にもわからないだろう。それは嫌な予感としか呼べないものだからだ。しかしその原因の一端が、不機嫌そうに手綱を握るオームの物売りにあるのは間違いないだろう。

大量の荷物を積んだソリを、四頭の砂漠オオカミ《ガルル》は声一つあげず運んでいた。物売りが持つ手綱に操られ、年寄りのようにゆっくりと歩むかと思えば風のように早足で進み、右へ左へまた右へと、自在に方向を変える。己の腕ですらここまで自在に操れまいと思うほど、物売りの手綱のままに狼《ガルル》たちは動く。その従順さは気味が悪いほどだ。

「どこをどうして行くかぐらい教えて欲しいものね」

裸の獣《オーム》は待つ民《ラゴン》ほどではないにしろ、我々人《セム》に比べればはるかに大きい身体と長い手足を持っている。この物売りにしてもそうだ。しかしその巨体は腐った砂ヒルの死骸よりも役に立たない。その大きな身体を持て余したのだろうか。誰よりも早く音をあげた物売りは、ただひとりソリに乗った。それでおとなしくしているのならばまだしも、ぶつぶつと文句を言い続けている。物売りは周囲の者を必ずいらだたせる特別な才能の持ち主だった。

「行き先がわかっていないと不安でしょうがないわよ。セムは心の機微というか、そういったものがまったく理解出来ないんだからね」

キビだのリカイだのと、やたらややこしいオームのコトバを混ぜるのは、そうすることで何かをごまかしたいからだ。

「人《セム》はおまえの心など知りたくもないのだよ」

私が言うと、物売りは唇をゆがめて言った。

「本当に口の悪いセムだこと」

「行き先を教えないのは、おまえが疑わしいからだ」

そう言ったのはイシュだ。

「信じられない相手に、秘密を喋る人間《セム》はいないよ」

「何でそんなことをおっしゃるのかしらね。あたしは商売人。信頼を売る仕事なのよ」

「歩けばやがてつきます」

先頭を歩くマヴォは、後ろを見ることなくそう言った。

「道とはそのようなものです」

ここからは見えないが、あの淡い緑の目で正面を見据えているのだろう。会って間がないが、マヴォが聡明な少女であることは間違いない。

「マヴォ」

グインが言うと、マヴォは憧れの目でグインを振り返った。

「ノスフェラスは砂を読むものには優しいものだが、それでもなお、その道のりは我々にとって厳しいものになるのかい」

「なります、リアード様」

「俺はグインだ。そう呼んでくれ。何度も言っているが、俺は神様の親戚じゃあないんだ」

「わかっております、りあ……グイン様」

「オオカミたちがそろそろ疲れる頃だから、適当なところで水をやってほしいんですけど」

物売りが言う。

「手持ちの水もそろそろ切れます。もうすぐこの辺りでは一番大きなラクの村に着きます。そこで水をわけてもらいましょう」

マヴォが言うと、物売りは急に哀れな声を出した。

「早くしてちょうだいね。かわいそうなオオカミたちが、倒れてしまったらどうしましょう。あたしたちのためにこんなにたくさんの荷物を運んでくれているのに」

たしかにソリには山のように荷物が積まれている。

「もし狼《ガルル》が動けなくなったとしたら、自分の荷物を自分で持てばいいだけのことだ」

言ったのはグインだ。

砂ソリに載せられているのは六人分の荷物ということになっているのだが、何よりも多いのは物売りの持ち物だった。そして我々旅の一座は、普段ソリなど使わないのだ。

「なぁあにを言ってるの」

物売りは甲高い声を上げた。

「あたしはあなたたちのことを考えて、いろいろと役立ちそうなものを持ってきているのよ。それを、そんな言い方をされたら、立場がないじゃないのよ」

「大丈夫ですよ、物売りさん」

ナナシが言った。

「人《セム》はたった一人に重荷を背負わせるようなことはしません」

そしていたって真面目な顔でこう付け加えた。

「たとえ相手が最低のクズであっても」

皆が吹き出した。

「失礼な！」

物売りは顔を真っ赤にしてそう怒鳴った。

その様子にまたみんなが笑った。

笑い声が消えたとき、最初にそれに気づいたのはグインだった。

遠くを見つめ、じっと聞き耳を立てている。

「誰か、来る」

小さくつぶやいた。

遠く地平線に、豆粒のような人影が見えた。

「えっ、なに、どうしたの」

物売りは大きな革袋の中をかき混ぜて、黒い筒を取り出してきた。その筒を目に当てた。

「ああ、誰かいる」

いまさらのようにそう言った。裸の獣《オーム》たちは眼が悪い。遠くにあるものも見えなければ、暗いところにあるものも見えない。出来ないことというものは、その生き物の分《ぶん》だ。砂虫《リョラト》は空を飛べない。鳥は砂に潜れない。それが生き物の分だ。人《セム》は神から知恵を授かった。知恵あるものは自らその分を知らなければならない。ところが野蛮なオームどもはすぐにその分を超えようとする。見えぬように出来ているのは見えずとも良いからだ。なのにすぐ道具でそれを補おうとする。手に負えないものを手に入れて酷い目に遭う強欲じいさんニャイビジの話を知らないのだろう。

豆粒ほどの人影は、ようやくその姿を判別できるほどに近づいてきた。どうやらオームのようだ。オームの脚では、我々からもそっちに向かっているとはいえ、出会うまでに、タップリと昼寝できるほどの時間がかかるだろう。砂漠を知らないものがいちばん戸惑うのがこれだ。不慣れなものは遠くに見えるものと自分とがどれだけ離れているのか、正確に判断できない。

それは男だった。

革の鎧の上から日除けの外套を羽織っている。軽装ではあるが兵隊であることに間違いはない。

ようやくこちらに気づいたようだ。

少し脚を速めて我々の方へと向かってきた。

何事か叫んでいる。

だがオームのコトバだ。

「なんと言っているのだ」

物売りに訊ねると、物売りは奇妙な顔をした。どうやらまだ聞こえていないようだ。

「耳にさっきの筒を当てたらどうだ」

「何を言ってるのよ」

物売りは馬鹿にした笑いを浮かべる。

「あれは遠くのものを近くに見るためのものよ」

「遠めがねだ」

私は言った。

「それは遠めがねというのだ」

繰り返した。物売りは嫌そうな顔をして黙り込んだ。

「で、そろそろ聞こえるようになったかね」

我々にははっきりと叫ぶ声が聞こえていた。意味はわからないが、必死で何かを訴えているのはわかる。外套の下にちらちらと長剣が見える。鎧も剣もどこかちぐはぐだ。様々な国、様々な軍から集めてきた物。おそらく雇われ兵であろう。グインもイシュも油断無く見守っている。オームの傭兵ほど危険なものはないからだ。

「たすけて」

物売りが言った。

私が訊き返すと、物売りは答えた。

「あいつが言っているコトバよ。たすけてと言ってるわ」

いよいよその姿は明確になった。

汗が乾き塩をふいた顔に、砂と血がまだらの模様をつくっている。

「止まれと言え」

私が言うと、物売りは大声で叫んだ。

だが男は止まらない。

「グイン、イシュ、剣を抜いて構えるんだ」

私が言うと、二人は本物の剣を抜いた。

さすがに舞台で鍛えた構えは様になっている。戦うために抜いたのではない。止まれというコトバがわりに抜いたのだ。

「もう一度止まれと言ってくれ」

再び物売りが叫んだ。

男はもう目と鼻の先にいた。

ようやくそこで立ち止まる。

そして腰の剣に手を掛けた。

「止めろ！」

私は怒鳴った。

カタリで鍛えた喉は、それなりに迫力のある声を出せる。コトバは知らなくとも、意味は通じたようだ。

男は両掌をこちらに向けて開いた。

何事か早口で言っている。

「助けてくれと言っているわねえ」

物売りが言う。

私は男と同じように両掌を相手に向けて言った。

「何もしない。心配するな」

そしてグインたちに向かって剣を収めるように言った。二人があっさりと剣を仕舞う。

もともと戦うつもりなどない。すべては芝居だ。

私は男にゆっくりと近づいた。

男は地に膝を突いた。

濃い血の臭いがした。

もう立っていられなかったのだろうか。

「いったい何があった」

私がそう訊ねたとき、後ろから物売りが声を掛けた。

男が答え、二人は二言三言話を続けた。

と、突然男は立ち上がって、大声で怒鳴りながら斬りかかってきた。

私は大きく後ろに飛び退いた。

びゅんと音を立て、剣は私に向かって振り下ろされた。

切っ先が額をかすめた。

グインが飛びかかった。

素手だ。

イシュがそれに続いた。

相手はオームの兵士だ。大きなグインでも、相手の胸までしか頭は届かない。普通であれば二人がかりとはいえ武器なしではそう簡単に捕らえることは出来ないだろう。セムらしく戦うのなら毒矢を使ってようやく対等に戦えるだろう。

だが兵士はひどく傷ついていた。

血の臭いからも傷の大きさはわかる。

それをわかっていたからこそ、二人は素手でかかっていったのだ。

腕に組み付いたグインが、その剣を奪って投げ捨てた。

男は再び膝を折って、その場に尻餅をついた。

グインとイシュでその手を後ろに締め上げる。

男はまだ叫んでいる。

それは戦いのための雄叫びではない。

怯《おび》えているのだ。

子供のように怯え、悲鳴をあげているのだ。

私は近づき、その身体を細かく調べた。

傷は身体中にある。その傷も様々だ。何かで殴った跡。刃物で切られたであろう綺麗な切り傷。爪で裂いたようなぎざぎざの傷。そしておそらくこれが男の体力を奪ったのだろう。脇腹の肉がざっくりとえぐれている。

巨大な口を持った何かがその肉を噛み千切ったかのようだ。

パクリか、あるいは砂ヒルの類にでも襲われたのかもしれない。

　よくこれで砂漠を歩いてこれたものだ。

　だがその体力ももう尽きようとしていた。

　その声が見る間に弱々しくなっていく。

「腕を離してやってくれ」

　私が言うと、グインとイシュはそっと腕を離し男から距離をおいた。

「何があったんだね」

　答えるように何かをつぶやく。

「何を言ってるんだ」

「怪物め、と言っている。セムを初めて見たのかもしれないわね」

「ノスフェラスにいながらかね」

「ないとは言えないでしょ」

　男はさらに言葉を重ねている。

「怪物向こうへ行けだって。よほどセムが怖いのね」

　そもそもこの男はなんでノスフェラスに来たのだ。誰に雇われ、何と戦うためにここに来たのだ。セムを初めて見たのなら、それを怪物だと思ったのなら、なぜ最初から逃げようとはしなかったのか。

　疑問は砂紋のように次から次に生まれる。

そうこうしている間にも、男はますます体力を失っていった。

身体を起こしていられなくなったのだろう。

ゆっくりと後ろに身体を倒し、仰向けに横になった。

その目が閉じる。

身体はがくがくと小刻みに震えていた。

それでも何事かつぶやいている。だがその声もどんどん小さくなっていく。

「なんと言っているのだ」

私が言うと、物売りは男の横にしゃがみ込み、その顔に頭を近づけた。

薄目を開きそれを見ていた男は、物売りの顔に血混じりの唾を吐きかけた。

「うわっ」

のけぞり、物売りは後ろに尻餅をついた。

「何をするのよ！」

金切り声を上げる物売りに私は言った。

「オームの言葉で言わないと通じないぞ」

「わ、わかってるわよ！」

そう言って立ち上がると懐から出してきた布で顔を拭い、男へ向かってオームの言葉で怒鳴りだした。

だが男はもうそれを聞いていないだろう。

堅く目を閉じていた。

呼吸が絶えているのがわかった。

私には失せていく命が見えた。

頸に指で触れる。

命はもうそこを通っていない。

鎧を引き剝がし、胸に耳を当てた。

命の鼓動は聞こえてこない。

死んだのだ。

「何よ、こいつは」

罵《ののし》り続けていた物売りが、男を蹴ろうとした。

私はその膝の裏を思い切り拳で殴った。

膝ががくりと砕け、物売りは転《こ》けそうになった。

「痛いじゃないの！」

そう叫び、物売りは私を睨《にら》んだ。

「死者を鞭打つものは、砂に生きたまま埋められることになっている。それでもいいのか」

私は言った。

「なによそれ。ほんとうに野蛮な風習ばっかりもってるんだから、馬鹿じゃないの」

「それ以上セムを悪く言うと、首の後ろをさくりと切り取って、この男と一緒に埋めるぞ」

背後から物売りの首筋に剣を突きつけながらグインは言った。

物売りは掌を後ろに向けて言った。

「ちょっとちょっと、やめておくれよ。あたしは何も持ってないんだよ。丸腰の人間を後ろから斬ったりしたら、リアードの名を捨てなきゃならなくなるわよ」

「卑怯者のオーム相手なら、どのように戦っても構わないのだ」

私はそう言って物売りを脅した。ようやく物売りは黙りこんだ。

物売りと話しても何の得もない。

我々はその場で砂を掘り、死んだ男を横たえて、埋めた。

深く埋めはしない。

いずれ何かがこの遺体を食べるだろう。食べた何かもやがては死んで食べられる。生きるものはすべて食べ食べられることで、巡り巡って神のもとへと還るのだ。たとえオームであろうと、それは同じだ。慈悲深いアルフェットゥ尊は死者を区別しない。

2

「その村はすぐだって言ってたわよね」

頭の後ろで手を組んで、ふんぞり返るだけふんぞり返ってソリに乗っている物売りは不機嫌そうにそう言った。

手綱を持ってさえいないが、狼《ガルル》たちはまっすぐ同じ速度で歩き続けている。

「そう、すぐ近くですよ」

答えたのはマヴォだ。

「近く近くって、なかなか着かないじゃないのよ。どうなっているのかしら」

「大丈夫だよ」

ナナシが後ろから声を掛けた。

「人《セム》のもうすぐは、その日の内にはなんとかなるという意味なんだ。物売りさんがコワイコワイと怯えている間に到着するよ」

「誰も怖いなんて言ってないわよ」

ナナシを睨みつけて物売りが言った、その時だ。

ぽつり、と何かが頭に当たった。

小石が落ちてきたようだった。

みんな同時にそれに気がついたようだ。

頭上を見上げる。

今までなかったはずの黒雲が、みるみるうちに頭上を覆っていく。

ぱしっ、と顔で何かがはじけた。

「雨よ、雨」

慌ただしく動き出したのは物売りだ。どこから出してきたのかつるつるの大きな布を、慌ててソリに掛ける。それから同じ生地でつくった外套をばさばさと音を立て、アホウワシのように広げて羽織る。

この男は濡れたくないのだなあ、とぼんやり思っていると、叩きつけるように水の塊が落ちてきた。それはもう休みなく絶えることなく、ずっと水が落ちてくる。

「ひゃああ！」

イシュが歓声を上げた。

空を見上げ、尾をパタパタと振りながらおかしな踊りを踊っている。

グインはそっと手を後ろに回し、アルフェットゥ尊の加護を意味する指印を作った。

尾がしんなりと垂れているのは、彼の不安を表している。

人《セム》が雨を知ってからそれほど時間が経っていない。だからみんな雨に慣れていなかった。イシュのように喜ぶものもいれば、グインのようにそれを不吉と見るものもいる。私はそれをあるがままに受け入れようと思っていた。雨は雨。砂は砂。それはあるようにただあるだけだ。

最初こそ雨は砂へと吸い込まれていく。

だがすぐにこの理不尽な水の塊は地に溢れ、流れを作っていく。

まるで流砂のように水は動き流れ砂蛇のようにうねりながらやがてノスフェラスを水で満たしていく。

イシュはずっとはしゃぎっぱなしだ。

きゃあきゃあ言いながら、水を蹴上げ、物売りに水を掛け、叱られては走って逃げる。

「あまり長引くと、寒くなりますよね」

そばによってきたナナシが言った。

「そうだなあ。我々も雨が降ったときに何か身につけた方が良いのだろうか」

「年寄りや小さな子供は気を付けなければならないかもしれませんね。でも家の中にいればどうということはないわけですから」

「そうだな。変わる物は変わっていくだろうし、変わらない物は変わらない。ナナシはどう思う。セムは変わっていった方がいいと思うかね」

「人がどう思おうとこの世のあらゆるものがいずれは変わってしまうんじゃないでしょうか。僕はただついていくだけですよ」

「君はなかなかの賢人だな」と感心すると、ナナシは雨でぐっしょりと濡れた頭を撫で
「やだなあ。僕はただ臆病なだけですよ」と言って照れ隠しにか空を見上げた。

風が激しく吹き始めていた。

雨は空からではなく横から降って、身体に叩きつけられる。

「すごいな、クサレ！」

嬉しそうにそう言うと、イシュは雨の降る方へと顔を向け、その口を大きく開いた。

たちまち口の中を水が満たす。

と、イシュは口いっぱいに含んだ水をぴゅーっと噴きだした。

「ミズ、ミズ」

そう言ってけらけらと笑う。

雨は始まるときも唐突だが、その終わりもまた突然だ。

強風に追われたのだろう。

黒雲が悪戯を見つかった子供のように逃げ去っていく。

ぴたりと雨が止んだ。

雨音が止まると耳の奥が痺《しび》れるほどに周囲が静まった。雨音とは存外にうるさいもの

なのだ。

イシュの歓声が一拍遅れて途絶えた。

「雨だったね。すごいね」

イシュは興奮を隠せない。

足首のあたりまで泥水に浸ったままだ。その中をずるずると足を引きずりながら歩いている。

砂イタチが器用に身体をゆすりながら泳いでいく。雨の後は砂ヒルなども泳いで獲物を探している。一度だけだが大喰らい《リヨラト》が水上を泳いでいるのを見たことがある。砂の中にいた生き物が、どうして泳げるのだろうか。いつの間にそんな力を身につけたのだろうか。この世は不思議で満ちている。しかし考えてみればリヨラトの仲間はケス河にもいるわけで、案外そちらのほうが生き物としては古いのかもしれない。

「気をつけるんだ」

私は警告する。

「水の匂いに紛れて、近づくものの気配を見逃しやすくなる。イドも砂ヒルも泥水の中を動きまわって餌を探しているからな」

「雨の直後は不吉なことが起こりやすい」

言ったのはグインだ。

「注意するに越したことはない。おまえも狼《ガルル》に気をつけてやれ」

グインにそう言われた物売りは、不服そうに言い返した。

「それはあなた、護衛に来ているんですからあなたの責任ですわよ。あなたに偉そうに指図されるようなもんじゃないわね。それより、村にはいつになったら着くのよ」

言いながら物売りは着ていた外套の水を払い、畳みだした。

「着く着く着く着くって口ばっかりじゃないの」

「いつかは着きます」

マヴォは言った。

「進めば必ず着くでしょう。それなのにどうして、何度も何度もいついつと訊くんですか」

不思議そうな顔でマヴォは物売りを見た。

「だって知っていたいじゃない。それはもう金を払っている人間として当たり前の権利ってやつよ。それよりもこうもびしょ濡れじゃあ、気持ち悪くてたまらないわよ。いつになったらこの水は引くのよ。お天道様はこれだけ照ってるんだから、すぐに引いてくれなきゃ困るじゃない。そのお天道様も、こうまで厳しく照らさなくてもいいじゃないの。熱くって仕方ないわよ。喉も乾いたし、だいたいそろそろお茶の時間じゃないかしら」

ひっきりなしに文句ばかりつけている物売りに、返事する者がだんだん少なくなってきたころ、水はゆっくりと砂へと吸われていった。湿った砂は、きゅうきゅうと愛らしい音を立てる。

まだあちこちに水たまりは残っているが、それもいずれ消えてしまうだろう。その水たまりの中に、騒々しい音の聞こえるものがある。見ればびちびちびちという音と共に水が跳ね上がっていた。

イシュが駆け寄り、大声を上げる。

「わあっ、なんだこれ！」

「ウオだな」

私は答えた。

本来はこれもケス河の近くですむ生き物だ。ヒレと鱗を持ち、水の中で暮らす小さな生き物だ。ウオは卵を河岸沿いの土手に生む。水かさが増えて水に浸った時に卵は孵《かえ》り、再び水が引く前に成人し卵を土手に産む。長い間乾燥した卵の姿で生きていられる生き物なのだ。それが、ノスフェラスで雨が降るようになり、どんどん砂漠の方へと広がっていった。ケス河の水かさが増すより、ノスフェラスで雨が降る機会の方が少ないだろう。ウオはしかしその雨の日を何日も何日も辛抱強く待つ。

今あの水たまりにはあふれるほどのウオが生まれている。もともとの卵が子供の握りこぶしほどもあるそれは、孵ると見る間に成長し、ああやって互いの身体をこすりあわせてまぐわう。

　完全に干上がる前には再びそれぞれが卵を産み、やがては死ぬ。雨上がりの砂漠では、死んだウオが山をなしているのをよく見る。だが水たまりの中で暴れ死んでいくその様があさましく醜く、セムでウオを食べる人間はいない。だからウオの死骸は腐るに任される。

「何であんな生き物がいるんでしょうね。今までこのノスフェラスでは雨なんか降ることがなかったのに」

　マヴォが言った。

「アルフェットゥ尊は何だって用意しているんだよ。使うときが来るかどうかなんて心配していない。だからこそ世界は様々な驚異で満ち溢れている。生き物も我々の想像など及ばぬ突拍子も無いものがいくらでもいる。中には今この世界では生きることすら出来ないものもいる。それはあのウオのように、自分たちの出番がくるのをじっと待ち続けているんだよ」

　私がそう言うと、マヴォはしばらく考えこんでから答えた。

「ありとあらゆるモノの中から、その世界に馴染むものだけが生き残っているのだということなのですね」

「その通りだ。それがこの世の成り立ちというものだ」

「森の噂を聞いた」

　グインが言った。

「森？」

「そうだ。このノスフェラスに森が出来ているのだそうだ」

「森というのは、巨大な草木が地と空を埋め尽くしてしまうほど生え育った土地のことかね」

「そう、その森だ」

「それは我々の語りの中にしかない場所だ。いや、たしかにケス河を渡った数少ない旅人や、キタイの物売りの口から聞いたことはあるから、あることはあるのだろうが、我々セムにとっては〈滅びの赤〉と大差ないカタリの中のものだ。そんなものがどうしてこの砂漠に出来る。大きな木や草は砂だらけのノスフェラスには相応しくない」

「確かにそうなのだが、さっきのウオを見ただろう」

　私は頷いた。

「あのウオが大量に死ぬだろう。その死んだウオを餌として大きな草木が生えてくるらしい」

「しかし、しかしいくらなんでもそんなことで森などと呼べる物が出来たりはしないだろう」

「クサレよ。森はたしかにあるのです」

言ったのはマヴォだった。

「我々の村には多くの旅人がやってきます。その中には新しいノスフェラスを旅してきた、キタイの物売りや、さっきのようなオームの兵士もいました。彼らから森の話は何度も聞かされています。たしかにアルフェットゥ語りで聞くほどの大きな森ではないそうです。ちょっとした木が生えている程度で、今のところは休憩地がちょっと増えたようなものだと聞いています」

「クサレよ、私は恐ろしい」

黙って遠くを見つめたままマヴォの話を聞いていたグインが言った。

「世界はどのようになっていくのだろうか」

「アルフェットゥ尊が間違ったことをすると思うか」

私は言った。

「それはない」

すぐにグインの返事が帰ってくる。神の教えを信じられずに迷っているわけではないのだ。

「そのとおり。アルフェットゥ尊は間違わない。そして正しき人《セム》はアルフェットゥ尊の思し召すままに生きる。それはつまり、間違わぬということだ」

「そうだろうか」

「そうなのだよ、グイン」

私は広く大きなグインの背中を叩いた。

フサフサした毛はすっかり乾いており、太陽と汗の混ざった、生きるものの力強いにおいがした。

「大丈夫だということよ、グイン」

ナナシがにっこりと笑って、言った。

「すべては砂のごとし。なるようになるということさ。ねっ、クサレ」

「その通りだ」

「見えてきたわ」

マヴォが言った。

その先を見ればなるほど土団子のようなセムの家々が並んでいるのがわかる。グインが、イシュが、ナナシが、それぞれに感嘆の声を上げた。

「どれどれ、どれよ」

物売りが遠めがねを取り出して正面を見る。

「あらほんと」

声を上げた。

「なるほど広いようね」

それは豊かな村と呼ばれ、リアードが訪れたといわれる谷底の村に次いで大きな村だ。キベホ村は我々旅の一座の間でも有名な村だった。長い長いアルフェットゥ語りを最後の最後まで演じさせてくれる、数少ない村のひとつだからだ。私もずいぶん昔に一度だけ訪れたことがある。ただし我々には我々の掟があり、同じ村にアルフェットゥ語りはひとつしか居座れない。今回我々は単なる旅人だから、何も遠慮無く訪れることができるが、そうでないならもう少し注意深くしきたり通りに新しい村を訪れなければならないのだ。


斯《か》くしてその日の夕刻まぎわ、我々はキベホ村にたどり着いたのである。

3

キベホ村は大きな村だ。大小様々な家が、そこかしこに建ち並んでいる。家づくりは近隣のものが力を合わせてするのだが、指揮をするのはその家の持ち主となる人間だ。だから、それぞれの家はそれぞれの持ち主にあわせて違う顔を持っている。なので、これだけ大きな村であっても、どこにどんな人間が住んでいるのかは遠目にも明らかなのだ。貧弱な家、優しい家、居丈高な家、可愛らしい家、頑固《がんこ》者《もの》、優男《やさおとこ》、吝嗇家《りんしょくか》。初めて訪れたものでも、その持ち主の人となりはなんとなくわかってしまう。

私は石琴を持ち出した。肩から掛けて、鳴らしながら口上を唱える。アルフェットゥ語りのリアード武俠傳記を演じる一座が村に初めて入るときのしきたりだ。

――くるよくるよ、わがかむにぐるぐるりあーどさまりあーどさま。ここにひとすべてわっぱまですべてはらこまですべてはいつくばれ。

しんと静まり返っていた。

石琴の音はかなり遠くまで響き渡る。

その音が砂に吸い込まれて消えて行く。

「誰も来ないね」

ナナシがぽつりとつぶやいた。

「どうでもいいけど、もうあたしは疲れちゃったわよ。ねえ、そろそろお茶の時間にしたいんですけど」

「狼《ガルル》に怯えて出てこないんじゃないのかな」

イシュが言った。

「そうであるにしても、誰かが様子を見に来るだろう。これだけ大きな村だ。そのような役目の者がいるはずだ」

私は石琴を鳴らし続けた。

「探してみよう」

澄んだ高い音を繰り返し鳴らしながら、我々は村に踏み入った。

様々な大きさの様々な形の家が建ち並び、近くには砂桶がころがり、砂で洗った石器が積み上げられ、ピンと張られたツタ紐では干された砂トカゲが風に揺れる。

「すみませーん！」とイシュ。

「どなたかおられませんかー！」とナナシ。

人の気配は全くなかった。家の中に隠れているようでもないのだ。

グインの身体が緊張して、毛が総立ちしている。ただでさえ大きな身体が倍ほどにふくれあがっている。

「マヴォよ。何か心当たりはあるか」

「いいえ、クサレ。ここは大きな村です。全員が一度に村を出るなどということはありえません」

「誰かに襲われたんじゃないの。ほら、グロとラクの民は仲が悪いんでしょ」

物売りは言った。

「ここしばらく、そんな争いがあるなどという話は聞いたことがない。グロにしてもここまで大きな村を滅ぼすなら、何日もかかるでしょう。その間にほとんどのセムへと戦《いくさ》の噂は伝わるでしょうね」

マヴォが言った。

「村長の家は確か村の真ん中あたりだったようだが」

「そうです。見に行きましょう」

マヴォはさっさと歩き出した。

我々はそれに続く。

その間もずっと石琴を鳴らしていた。

高く澄んだ音は、長く続くと眠気を催してくる。心落ち着く音色なのだ。

「あれが村長の家です」

指の先にあるのはひときわ大きな土の家だ。

「キブィエおじさん、友達の村《インテラハムェ》のマヴォです」

村長同士で家族も付き合いがあるのだろう。マヴォは大声でそう名乗った。

だが中からはなんの返答もない。

「わかるな」

小声でグインが言った。
「臭いだ」
そうだ。血の臭いがするのだ。
私は答えた。
グインはマヴォの横に並んだ。
「入るぞ」
声をかけて中へと入る。
ちいさな穴をくぐるには、大きなグインは膝を折って背を曲げなければならない。
続けて入ろうとするマヴォを止め、私が後ろに続いた。
明かり取りの小窓から、光の棒が幾本も大地を貫く槍のように差し込む。
中は薄暗く、その光の棒の中をゆっくりと埃《ほこり》が流れていく。
ますます血の臭いは深みを増す。
足裏がべとべとしたものを踏んでいる。
グインがひざまづいた。
床を指で拭う。
「人《セム》の血だ」
少し舐《な》めてそう言った。

目が慣れれば、床は一面の血だまりだ。

「これを」

グインがつまみ上げたのは、人の指だった。

傷口はぎざぎざだ。

何かが噛み千切ったように見える。

人の姿はどこにもなかった。

生きているものの気配は何も感じない。

「出よう」

グインが言った。

我々は揃って家から出た。

まぶしい光に目を細める。

「クサレ！　グイン！　なにがあったの」

イシュが叫んだ。

私たち二人から血の臭いがプンプンしている上に、手足が血塗《ちまみ》れだったからだ。

「どうしたのですか」

マヴォは不安そうに訊ねた。

「誰もいなかった」

　私は答える。

「だが中は血塗れだ」

「死体は」

　物売りが訊ねる。

「それもない。ただたくさんの血が流れていただけだ。まだ生々しい血だった。流れてから それほど時は経っていないだろう」

　落ちていた指のことは言わなかった。脅しはこの血だけで充分だ。そう思ったからだが、それはよけいな気遣いだったようだ。

　それから我々は、他の家も中をのぞいてみた。すべてを見たわけではないが、どこもかしこも血塗れだ。そして丁寧に見て回ると、どこともしれぬ肉片やハラワタ、耳や指、髪のついた頭の皮などが見つかった。

「村に着けば火も水も手に入るんじゃなかったの」

　誰もが言葉を失っていたときに、不機嫌そうな声で言ったのは物売りだ。

　それに応えるつもりはなかった。

　村の外れまで見に行っていたイシュが戻ってきて言った。

「あの向こうにソリがあったよ」

「ソリ？」

私が問うと、イシュは物売りのソリを指差した。

「これと同じソリだった」

反対側を見に行っていたグインが、大きな金属の剣を持って戻ってきた。

「家の中でこれを見つけた」

その剣は血塗れで、刃こぼれが激しかった。明らかにこれで戦っていたのだ。

「あの雇われ兵はここから逃げてきたんじゃないか」

「かもしれないな」

グインの問いに、私は考える。言葉の力を使ってよく考えることが、一座の中で私に任された仕事だ。

「なあ、物売り。おまえ何かを知ってるんじゃないのか」

イシュは物売りににじり寄ってそう言った。

「ソリがあるってことは、ここにキタイの物売りが来ていたってことだろう」

「確かにソリはあたしたちがあきなっている商品よ。でもねえ、あんたたちも知っているとは思うけど、キタイの物売りはどこにだって行くの。ここに来てソリを売ったのかもしれないし、あの傭兵が物売りから買ったソリに乗ってここまで来たのかもしれないじゃない。それにこれだけの大きな村ですから、今までに物売りが来ていないわけがないでしょ。それで、キタイの物売りがここに来ていたとしても、それとあたしとは何の関係もないじゃないの。ほんとにあんたたちは馬鹿げた話をし出すんだから」

ほむほむと、物売りはわざとらしく笑った。誰もそのソリとこの物売りが関係あるなどとは言っていない。隠し事のある人間はどうしても饒舌《じょうぜつ》になるのだ。

その時、家の中からふらりとオームの男が現れた。空を見上げ顔をしかめる。

何かぶつぶつ呟いているようだが、何を言っているのかまるでわからない。

「何を言っている」

「聞こえないのよ」

「近くまで行って聞いてこい」

「無茶いわないでよ」

男はその手に血塗れの剣を持っていた。

「あんたたち行ってきなさいよ」

「行っても言葉がわからない」

「だから、あんたたちがあそこで取り押さえて紐ででもくくって、安全だとわかってからなら話を聞きにいっても——」

突然男は絶叫しながら剣を振りかざして走ってきた。

「散れ！」

私は叫んだ。

一瞬にして我々はバラバラに走り出した。

暴れる人食いの獣《オーム》を相手に、まともに戦えるものではない。いずれにしても距離を置かねばどうしようもないのだ。

が、そこに物売りが一人取り残された。

逃げ遅れたのだ。

這うようにしてソリから降りる。

男は目と鼻の先にいた。

震えながら物売りは腰の短剣を手にした。

ところがその鞘がどうしても抜けない。

どうやら革紐で鞘が抜けないようになっているようだ。

「逃げろ！」

私は叫んだが、逃げられるのなら逃げているだろう。

もたもたしている間に、男が剣を振り下ろした。いや、振り下ろしたというよりも、構えていられなくなったようだ。

悲鳴のような声を上げ、物売りは男の身体に摑みかかっていった。

剣が物売りの頭にたどりつく前に、物売りは男の身体に抱きついていた。

男がきぃきぃと鉄を引っ掻くような厭《いや》な声を上げた。

物売りが男を押し倒した。
そして男から慌てて飛び退くと、私の方へと走ってきた。
短剣はまだ鞘に収まったままだったが、その手も身体も血にまみれている。
そして床に倒れた男も腹から血が噴き出していた。
きぃきぃきゅううう！
叫び、男は手脚をバラバラの方向へばたつかせた。
「助けてえええ！」
叫びながら駆け寄った物売りは、子供のように私の後ろへと回った。
グインもイシュもマヴォもナナシも、それぞれに男から距離を置いて身構えていた。
と、砂塵が舞い上がった。
暴れる男の下から、砂埃《すなぼこり》が吹き出したのだ。
さして風のない日だった。
舞い上がった砂埃が男の身体を覆い隠す。
しばらくはバタバタと暴れる男のシルエットが見えていた。
だがもうもうたる砂埃にそれもすぐに消える。
近づこうとするイシュを手で止めた。
分別なく近づいても益はない。

それどころか厭な感触がある。

近づくべきでない。私はそう思い、そう告げた。

それから我々は、しばらくの間それをじっと見守っていた。

やがて一陣の風に砂が吹き飛び掻き消えたとき、砂塵とともに男の姿も消えていた。

後に残されていたのは男が着ていた服と剣だけだった。

「どうなってるんだ」

イシュが呟いた。

誰もその問に答えることは出来なかった。

4

ずずっ、ずずっ、と碗と蓋の隙間から熱い茶をすすって、ほっと息を漏らすと、物売りはほむほむほむと声を上げて笑った。

「あんたたちに茶の習慣がないのは生きる歓びを知らないのと同じよね」

そう言ってまた茶をすする。

「いっとくけど、あげないわよ。茶葉は貴重なんですからね」

やると言われても、セムはあんな熱いものを喉に流しこむような恐ろしい真似はしない。だが、

「物売りよ。イシュがわざわざ井戸から水を汲《く》んできたからこそ、そうやって茶を飲めるのだ。それなりに感謝したらどうだ」

私が言うと、物売りは不服そうに答える。

「言ったわよ。ありがとうってきちんと言ってるわよ。ねえ、イシュちゃん」

「ちゃんをつけるな！」

剣の柄《つか》に手をかけてイシュは言った。

「あらこわい。すぐに剣で片をつけようとするんだからたまらないわよね」

物売りは満足気な顔でまたずずずと茶をすする。

すぐに村を出るべきだ。

それがグインの意見だった。

しかしそろそろ水がなくなろうとしていた。出来るなら食料などもここで補給しておきたい。

私は一応の旅程をマヴォから聞いていた。肝心のものがどこにあるのかまでは知らないのだが、おおよその道筋は知っている。この村で水などを手に入れておくことは、最

初から決まっていた。ここを越えると、しばらくは水を手に入れることが難しくなる。そうなったらそうなったで、砂漠の民《セム》になら出来る手立てもあるのだが、余裕があるに越したことはない。

　グインの言うことはもっともだった。どんな愚か者であろうと、この村が安全だとは思うまい。しかし備えなく砂漠を渡ることもまた愚かなのだ。少しだけここで時間を費やし旅に備えるほうが、多少なりともましな判断であろう。万全とは言えないが、旅に万全などというものはもともとない。

　手分けして食料と水を集めよう。

　私がそう言うと、物売りは我々が近くで夕食用に見つけてきた干し肉をかじりながら「これは泥棒じゃないの？」と言ってニヤニヤと笑った。

　セムは互いに助けあう。同じ村で必要なものはみんなで分け合う。旅人には出来る限り振舞う。人は人のために生きているのだ。グロと仲が悪いなどと言っているが、神の与えたもうたものをわけあって生きていることに代わりはない。考えの違いはあったにしても、セムに分け隔てはないのだ。だから持ち主が不明なものであっても、別の誰かがそれを使うことが許される。それが食べ物であっても同じことだ。我々セムが「他人に食わせれば己の腹がはる」と言うのはそういう意味だ。

　あえて口には出さないが、そこには守るべき礼節がある。必要なものを必要なだけ持ち出し、その時にはそこに人がいるとしてきちんと挨拶と礼を言うこと。それだけだ。

　そこまで物売りに説明をして、ただし、と私は付け加えた。

「ただしそれはオーム相手には通用しない。オームは際限なく欲しがり、際限なく持っていく。己からは与える気がないのはもちろん、分け合うという気すらない。それだけのことを知るのに、セムは多くのものと、そして命を失った。というわけで、我々が村のものを持っていっても問題はないが、物売りが勝手に持っていったらそれは泥棒だ」

　そう言うと、物売りは聞かぬ顔で茶の支度を始めたのだった。

　ずずず、とまた茶をすする音がする。

　物売りの相手は疲れるだけで益がない。

　私は物売りから離れ、作業に戻った。

　砂の上に指先で図を描いていたのだ。わかりにくいものも、こうして砂に描くことではっきりとわかることがある。砂はいつも我々の味方だ。

「何をしているんですか」

　マヴォが後ろから覗き込んだ。

「いいかね。これがキベホ村だ」

　大きな丸を指す。

「我々はテマエから村に入った」

テマエとはケス河のある方向だ。ケス河を背にして狗頭山《ガルラタミャ》の方を向き、後ろがテマエ、正面がムコウと呼ばれる。ミギ、ヒダリと方向を言う時は、ケス河を背にガルラタミャ山を正面に見て言っている。これだけ分かっていれば、砂漠で道を説明することが出来る。今のように。

「村のテマエではあまり血の臭いがしなかった。後で回ってみると、テマエ側の家の血が乾いているのがわかった。ムコウへと進むほどに血は生々しく臭いを放っていた。家の中にしか血が残っていないのは、我々を濡らしたあの雨がここにも降ったからだ。雨が血を洗い流してしまった」

「しかし村に来たとき、砂は乾いていました」

「雨を降らせた黒雲は風でテマエへと流されて行った。おそらくあの雨を降らせる黒雲はムコウからテマエへと風に乗って動いていたのだろう。日中はガルラタミャ山からケス河へと風が吹き降りるからね。そうであるなら、この村で雨が降ったのはずいぶん前になる。この砂の乾き具合からみると、今朝には降りやんでいたのだろう。ということは、惨劇は昨夜のうちに起こったことになる。広い村だ。一斉に村人が襲われたわけではないだろう。血の乾き方からすると、襲ったものはテマエから順にムコウへと家々を襲っていった。おそらく寝静まった家々を順にな」

この血の量から考えて、村人達が全員無事であるとはとうてい思えなかった。

「何者でしょうか」

マヴォは悲痛な顔でそう言った。

「まだそれが人か獣かもわからない。だがな、どこにも死体が残されていないことは考えなければならないだろうな」

「食べられた、とか」

「かもしれんな。しかしこの村にどれほどの人間《セム》がいたと思う。たとえ狼《ガルル》の群れが襲ったとしても、一晩で村人を食べきることは出来ないだろう」

「イドが、巨大なイドがここを襲ったのではないでしょうか」

「イドなら家ごと押しつぶしただろうな。それに血の一滴も残しはすまい。なにもかもきれいにたいらげてしまうだろう。いや、なによりこれだけ大きな村がイドに対してアリカの汁で備えていないはずがない。幾人か犠牲者が出たにしろ、全滅するなどあり得ない」

「つまり……」

マヴォは眉間にシワを寄せてしばらく考えてから、言った。

「それは予期せぬ襲来であり、ここであっという間に人々を殺して、死体をどこかへ運んだ、ということですか……ということはやはり人《セム》……いや、やはり裸《オーム》の獣の仕業でしょうか」

「少なくともここにオームの兵隊がいたことは間違いない。それがどう関係あるのかはわからないがね。不思議なのは戦ったあとがないことだよ。これだけの大きな村なのだ。テマエから順に襲っていき、ムコウに進むまでかなりの時間がかかるはずだ。そうであるなら最初の家では奇襲が出来ても、すぐに大きな騒ぎとなるだろう。最後まで気づかれずに済むとは思えない。ところが戦いの跡はどこにも残っていない。テマエからムコウまで、毒矢や石刀はしまい込まれたままだ。まるで最初から最後まで誰もその襲撃に気がつかなかったかのようにな」

私はマヴォの顔を見て言った。

「この村にも〈雨の小屋〉が作られたかどうか、知っているかい」

「最近ですが、大きな小屋をたくさんつくりました」

「やはりそうか。それはどこにあるのか、案内できるかね」

「ええ、何度かそこに荷物を運んだこともありますから」

「村から遠いか」

「ここからテマエに向かえば湯が沸くまでに着くでしょう」

私は空を見上げた。

まもなく陽は砂の中へと潜るだろう。それまでに行って帰ってくることが出来るかどうかは賭けだ。

私は大声でグインとイシュを呼んだ。

食事を終えていた二人はすぐにやってきた。

「どうした、クサレ」

そういうグインの身体は、ぱんと肉が張って毛が立っている。血塗れの家を見てから、いつまでも緊張が解けないのだ。

「この村の人間がもし全部殺されているとする」

私は言った。

「かもしれんな」

グインは頷いた。

「その死体はどこにいった」

「食っちまったとか」

イシュはそう言ってぶるっと震えた。

「かもしれないが、そうでないかもしれない。それで考えたんだが、もし食おうとしたとしよう。ところがその時に雨が降ってくる。一気に全部を食べ尽くせる量じゃない。雨は何でも腐らせる。そのことを知っているなら、死体をどうすると思う」

「〈雨の小屋〉!」

グインとイシュが声を合わせた。

「そう、いったんそこに運んだんじゃないのかと思うのだよ」

「それを調べに行くのか」

グインが訊く。

「ああ、もし死体がないにしても、村が襲われたときにあそこに逃げ込んだものがいてもおかしくない。だからそれを見に行こうと思っているんだが」

「わかった」

グインは腕組みしてそう言った。

ぼくもぼくもとイシュが言う。

「イシュはここでナナシと一緒にみんなを守ってやって欲しい。もしかしたら、村を滅ぼした何かがまだいるかもしれないからな」

「はいはーい」

ふざけた口調だが、その尾はたらりと下がりぴくりとも動かない。不安が隠せないのだ。我々《セム》が嘘をつかないのは、この尾で心の動きがすぐにわかってしまうからかもしれない。嘘をついたところで、身体がそれをすぐに暴いてしまうのだ。

「行くのなら急ごう」

グインが言った。これまたもっともなことだ。私とグインは、支度もそこそこに村を出た。先頭に立つのはマヴォだ。

雨はすべての痕跡を風よりも確実に消し去ったに違いない。もし雨が降っていなかったら、死体を運んだらその跡が必ず残されているはずだ。後をつけるのもたやすいだろう。が、ないものを嘆いても仕方がない。

少なくとも〈雨の小屋〉までの道のりはマヴォがしっかり覚えているのだ。

小屋はすぐに見えてきた。

なんと、大きな小屋が片手分もある。

確かにあれだけの大きな村のためにつくられたのだから当然といえば当然なのだが、それでも大きな石造りの小屋がたくさん並んでいるのは、今まで見たこともない風景だった。

鼻をひくひくさせながらグインは言った。

「臭うなあ」

「臭う。間違いないな」

私は言った。血の臭いと、そして生肉の臭いだ。少しだけ腐っているのもわかる。肉は干すか、あるいは少し腐らせると旨い。その丁度良い腐り方よりも、さらに少しだけよけいに腐っているのがわかる。

扉を見たが錠前は掛かっていない。どうやら壊れているようだ。

「開けるぞ」

扉の前に立って私は言った。

グインが剣を抜く。

この間の例がある。中で何が待っているかわからない。開くと同時に何かが襲ってきてもおかしくないのだ。

私は取っ手に手を掛けた。

「いくぞ！」

声を掛け、ふんっ、と息を詰め力を込めた。

重い扉がゆっくりと開いていく。

グインはその隙間をじっと見つめ、剣を構えている。

扉が開くにつれて、肉と血の臭いが激しくなっていく。

マヴォが声を上げた。

「これは……」

グインが絶句した。

私は扉から離れ、中を覗き込んだ。

言葉を失った。

大きな小屋の中には、ぎっしりと死体が積まれてあった。どれも腹が裂かれて内臓が出されているようだ。腐りやすい内臓を先に食ったのだろうか。

苦しげな声をあげ、マヴォが食べたばかりの夕食を地面にぶちまけた。

次の小屋はわずかばかりの死体が転がっているだけだった。どれもどこかが欠けている。腕や脚や首がない。そして腹はきれいに裂かれていた。どこもかしこも血みどろだ。

ここも、もともとはたくさんの死体が積まれていたのではないだろうか。次の小屋はみっちりと死体が詰められ、肉の壁が築かれていたが、内臓が抜かれてはいなかった。

最後の小屋の扉に手を掛けた。

力を込めて取っ手を引いたのだが開かない。思い切り引っ張ると少し開くのだが、力を緩めるとまた閉じる。

誰かが内側から引っ張っているのだ。

私はグインと顔を見合わせた。

グインは一歩離れ、剣を構えた。

私は取っ手に手を掛ける。

「せいのっ」

声を掛けて一気に引っ張った。

中から扉を引っ張っていただろうものが転がり出てきた。

セムの子供だ。

あっけにとられて見ていると、ひぃいいい、と悲鳴を上げ、小屋の中へとまた飛び込んだ。

　中を見ると、二人の子供が互いに抱き合って震えていた。

「どうしたんだね」

　私は声を掛けた。だが二人は震えてそこから出てこようとはしない。

　どうしたものかとグインを見ると、彼は剣を置いて中へと入っていった。部屋の中はどこもかしこも黒く乾いた血で覆われている。床には手や脚や、どこともしれぬ肉片が散乱していた。この子供たちは、仲間たちがここで食われるのを見ていたのだろうか。

「心配するな」

　グインは声を掛けた。

　二人の子供に手を伸ばす。

　その手に一人が噛みついた。

　グインは噛みつかれたまま、血でごわごわになった子供の毛を撫でて言った。

「さあ、行こう。俺たちがいるからもう大丈夫だ」

　しばらく二人は睨み合っていた。

　やがて諦めたのか子供が腕から口を離した。それでも小屋の奥から出てこようとはしない。結局最後は力で無理矢理引き出すことになった。

　小屋の外に出すと、子供たちは諦めたのか暴れなくなった。

「何があったんだね」

私は訊ねたが、子供たちはそれに答えるどころではないようだった。二人で抱き合いがたがたと震えている。

「とにかく陽が落ちる前に戻るとするか」

私は言った。

「そうだな」

グインは脇に一人ずつ子供たちを抱き上げた。子供たちはしっかりとグインの身体にしがみついた。彼らは同じ村で暮らした人間の死体と一緒に、少なくとも昼と夜をすごしたことになる。二人とも何も喋らない。悲鳴も泣き声も上げない。ただ二度と離すものかとばかりグインの太い腕を抱え込んでいた。

なんとか陽が落ちる前に、我々は村に戻ることができた。

5

夜は砂漠の無慈悲な方の顔だ。人は夜に死ぬ。肌を焦がし時には頭の中を煮えさせてしまう陽の光は、過ごし方さえ知っていれば命の源だ。だが夜は違う。夜は夜に生きるもののための時間だ。人《セム》は本来は昼の生き物だ。

子供たちは小屋に寝かせてある。小屋の中は血と肉の臭いで一杯だが仕方ない。我々にしてもそこで一晩過ごすのだ。

多少大きめの小屋にみんなが集まっていた。明かりは点さない。大量の油を蓄えた小屋も見つけてはいるが、既に数日分の油は分けてもらっている。それ以上を使えば、それは略奪と変わらない。晴れてさえいれば、明かり採りから入る月の明かりで充分だ。

明日になったらここを出る。子供たちをどうするかはその時決める。どうするどうなったとうるさい物売りにそう説明し、話は終わった。我々はそれぞれに小屋の中で横になる。フトンだのマクラだのといった道具が必要な物売りだけは荷物を持って別の小屋へと向かった。

さてすべてはアルフェットゥ尊の思し召しだ。おのれの尻も拭けない幼い頃を別にすれば、一度眠ってから小便に起きるなどということはまずなかった。それがその日に限って目覚めたのだ。

小さな村であれば大小便は村から出てすることになっている。飲み水が穢《けが》れないようにだ。ここほどの大きさになると、村からいちいち出るわけにもいかないので、便所が設けられている。私はそっと小屋を抜け出した。満月であったことも、空が晴れていたことも、そしてふと不安になって石斧を腰紐に挟んだことも、何もかもが恩寵であった。

ざざざと砂を何かが這う音がした。

私は闇の中に目を凝らした。

黒い塊が地を這っているように見えた。

血の臭いに惹かれて紛れ込んできた砂虫かと、初めは思った。

私に気づいたのか、それの動きが止まった。そしてどうやっているのか定かでない奇妙な姿勢で身体を起こした。

それでようやくわかった。

〈雨の小屋〉から連れてきた子供だった。

「どうした。小便か。私が連れていってやろう」

そう言って近づきながら、なにかいやな感じがした。間違ってイドの巣に踏み込んだような、ぞわりと毛が立ち上がるあの感触だ。

月明かりにその顔がはっきりと見えた。

ここに来たときのように怯えてはいない。震えてもいない。凍りついたように表情がない。

その口がぱっかりと開いた。

――きぃいいあぁああ。

癇《かん》に障《さわ》る高い声でそれは言った。いや、啼《な》いたと言うべきか。人の声には思えなかった。ますますいやな感じは膨らんでいく。

私は石斧を腰紐から外した。

その重みを腕に感じながら言った。

「おまえは、いったい――」

何者だと訊ねる前に、背後で奇声が上がった。

私はビクリとして振り返った。

目と鼻の先に、もう一人の子供が立っていた。それもまた表情のない顔で私を見ていた。そして歯を剝き出して大きく口を開くと、啼いた。

――きぃしゃあああ。

吐くその息は、血と腐った生肉の臭いがした。

私は大きく後ろに下がった。

下がりながら後ろを見る。

もう一人の子供も近づきつつあった。

二人の子供に挟まれ、私は石斧を構える。

と、私の正面にいた子供の、顔の皮がひび割れ、ぴりぴりと裂けた。

裂けた皮は波うち歪み、その下でうごめく何かが見えた。

顔だけではない。全身の皮が細かく裂けていく。

みちみちと肉をこねるような音がした。

裂けた皮が、裂け目の内へと呑まれていく。

皮の内と外が入れ替わっていくのだ。

中から現れたものは土食らい《ミミズ》そっくりの触手の塊だった。

かつて顔であった何かは、瞬《またた》く間に触手の中へと埋もれて消えた。

そこに子供はもういない。

食用の砂トカゲを飼うのに、袋に詰めた大量の土食らいをエサ箱にぶちまけるのを見たことがある。アレとそっくりだった。

ぐにゃぐにゃと入り混じる肉色をした触手の塊は、人の形をとるのを完全に諦め、地に小山を成した。うつ伏した狼《ガルル》ほどの大きさがある。

反対側を見ると、もはやそこにも子供などおらず、奇怪な怪物がいやらしい音をたてて私の方へと這い寄りつつあった。

すぐそばにいた怪物が、じゅっ、と鼻水をすするような音をたてた。

触手が鞭のように私の脚へと伸びた。

寸前でかわし、石斧を叩きつける。

ぶつりと触手が断ち切れた。

断面から赤黒いものがほとばしり、伸びた時よりも触手は早く失せる。

その隙に私は走った。

みんながいる小屋とは反対方向へとひたすら駆ける。そして叫んだ。

――あいっ、あいー！　あいー！

私は戦士ではない。戦っても勝てるとは思えない。しかしカタリで鍛えた声は遠くまではっきりと届くはずだ。

これは警告の声だ。

危機が近づくことを知らせ、戦いの準備をせよ、と迫る声だ。

私は必死だった。喉も裂けよと警告の声を張り上げ、走った。走り続けた。

触手の塊はその姿からは考えられない速度で迫ってくる。じりじりと追いつかれていく。肺が焼け、胸が破裂しそうだった。息が上がり、すぐに私は叫ぶことも出来なくなった。それでもこいつらを仲間から遠ざけるためだけに、私は走っていた。

それも限界だった。

気力はあっても脚がもつれてどうしようもない。

とうとう私は自分の足に自分でつまずいて派手に転んでしまった。

前に手を伸ばし顔から地面に突っ込む。

後ろを仰ぎ見ると、ぐにゃぐにゃと形を変える怪物がふたつ、私を脚から呑み込もうとしていた。

上体を起こし振りかぶった石斧を、思い切り叩きつけた。

が、ずぶ、っと斧は触手の中に埋まって止まった。

そうなるともう、押すことも引くことも出来ない。

脂汗を垂らして石斧と格闘している間にも、触手の群れが這い上がってくる。腕まで巻き込まれそうになって、石斧から手を離した。

ぴちゃぴちゃと泥をはねるような音を立て、うごめく触手は脚から腰へと這い上がってきた。

勝利を確信したのか、それとも食い物にありつけた喜びからか、それは身体全体を大きく持ち上げた。うごめく触手の中央で、ぱっかりと口が開いていた。左右に開いたその口には、ギザギザとした鋭い牙が並んでいた。

腐った内臓の臭いが鼻を刺す。

これで最期かと覚悟した。

その時だ。怒声がした。

獣の雄叫びのようだった。

そして一気に触手の怪物が私の身体から剝ぎ取られた。

暴れる怪物を逞しい両腕で摑んでいるのは豹頭の男。

「グイン！」

　まさにアルフェットゥ語りの中のリアードそのままに、怪物を頭上に差し上げている。首から肩、そして両腕へと盛り上がった筋肉は、神々の彫刻のようだ。

　グインはそれを思い切り地上へと叩きつけた。

　びちゃりと泥玉をぶつけたような音がして、いったん地面にへばりついたそれが、次の瞬間グインへと跳びかかった。

　びゅん、と風切る音がした。

　グインの剣が、触手の塊を中央からまっぷたつに断ち斬っていた。

　私は観客のようにその勇姿を見ていた。もう少しで拍手し歓声をあげるところだった。

「くそ！　んなろ！　死ね！」

　怒鳴りながら剣を振っているのはイシュだ。さすがに舞台の上ほどの剣捌《さば》きは見せられないようだが、それでもあっという間に触手の怪物は切り刻まれてしまった。

　グインが左右に斬り裂いたもう一体は、それぞれに触手をばたつかせて暴れていた。どうやら地中に潜ろうとしているようだった。だが村の中の地面は固く踏み固められている。雨で多少柔らかくなっているとはいえ、死にかけているこの怪物の力では、わずかばかりも地面を掘ることが出来ない。やがてきゅうきゅうと情けない声を上げて、それは動かなくなった。

「これが村を襲ったのかな」

息も荒くイシュが言った。

「おそらくそうだろう」

私は答える。イシュ以上に息が荒く、しかも喉が嗄《か》れて掠れ声しか出ない。

「たいへん」

マヴォが青ざめた顔で走ってきた。

「あの子たちがいないの」

泣き出しそうな顔でそう言った。

「違うんだ、マヴォ」

私は今あったことを説明した。そして腐った臓物のように床にぶちまけられた怪物の死骸を指差した。

「こいつらは怪物ムワンブなのだ」

私が言うとナナシが「あれはカタリの中に出てくるだけの怪物じゃなかったのかい」と言った。

「多分誰かがこの怪物を見て、あのムワンブの話を作ったのだろう」

昔ムワンブという、村一番の物真似上手がいた。ムワンブは鳥や獣や仲間たちの物真似をしては、みんなを笑わせていた。どの物真似も本当にそっくりだった。やがて他の村からもムワンブを見に来るようになり、彼はすっかり思い上がってしまった。ムワンブは森羅万象すべてのものを真似できると言いだしたのだ。ある日一人の老人が、ムワンブにアルフェットゥ尊の真似が出来るかと訊ねた。

ムワンブはしばらく考えてから、出来ると答え、聞き伝えるアルフェットゥ尊の仕草を滑稽に演じて見せた。すると、彼に物真似が出来るかと訊ねた老人は、雷鳴のような怖ろしい声でこう言った。

「我が名はアルフェットゥ。神の真似が出来るなどとは、驕《おご》るにもほどがある。何にでもなれるのなら、なんでもないのと同じだ。これからはなんでもないムワンブとして生きるがよい」

たちまちムワンブはぐにゃぐにゃしたなんでもない生き物、怪物ムワンブとなってしまった。ムワンブはどんなものにでも化けるが、本体はなにもないのだと言われている。

「僕も何でもなれるナナシだからね。ムワンブの話はよく聞かされたよ」

なるほど、だからナナシは人一倍謙虚な男になったのだろう。

「本当にあの子供はそこのぐちゃぐちゃが化けてたの？」

いつの間に起きてきたのか、物売りがそこに立っていた。

「嘘をつく意味がない」

何度も言っているように、私は言った。オームは簡単に嘘をつく生き物だ。我々が嘘をつくことの意味をいくら説明しても、その重さまではわからないのだろう。すぐにそれは嘘だと言いたがる。

「もしこれが」

物売りはぐったりとしたムワンブを爪先でつつきながら言った。

「本当にあの子供に化けていたとしてもよ、こんなのが二人で、っていうか二匹でこの村を滅ぼしたとは思えないんだけど」

「無理だろうな」

私は言った。

「人を真似て人を襲う。奇襲こそがこの怪物の生きる術《すべ》だろう。どれだけムワンブに知恵があるか知らないが、大勢のムワンブが人に化けてこの村を訪れたのだろう。何を語らずともセムは旅人を歓迎する。ムワンブとは気づかず一夜の宿を与えたのだろう。そして夜の間に村中の家々を訪れた。皆信用して家に招き入れ殺された。だがどれだけ上手くやったにしても、一晩で村を滅ぼすにはそれだけの数が必要だろう」

「じゃあ、そいつらはどこに」

イシュが不安そうな顔でそう言った。

「……おそらく、子供たちと同じところにいたんじゃないだろうか」

それが私の結論だった。

「〈雨の小屋〉ですか」

ナナシが言った。

「マヴォとグインは覚えているだろう。腹を裂かれた遺体とは別に、そのままの遺体が置かれていたことを」

マヴォとグインが頷いた。それから、はっ、と気づいて私を見た。

「そうだ」私は言った。「あれはきれいな遺体だった。傷一つない、どうやって殺されたのかもわからない遺体。あれがすべてムワンブだとする。ムワンブはこの村を襲い、たらふく人を食い、残った遺体を〈雨の小屋〉まで持ち帰り、己たちもあそこで休んでいた。あの中で最後まで残って人を食っていたのがあの子供たちだ。我々が来たので慌てて人の形を真似たのだろう。あの子供たちもそうだったが、あれだけの数がいながらあの時奴らは我々を襲おうとはしなかった。そして子供たちは小屋から出そうとするとひどく抵抗した」

「陽の光に弱いということですか」

マヴォが言う。私は頷いた。

「ムワンブは己の醜い姿を恥じて昼間は外へ出ない。カタリではそういう事になっている。ムワンブは昼の間、陽の光を避け砂の中に隠れているのだろう。こいつも二つに斬られながら砂に逃げようとした。襲ってきたオームの兵士のことを覚えているか。あれはきっとムワンブだったのだ。外が騒がしく、様子を見るために人の形をとって家から出てきたんだ。弱って見えたのは、昼間に外へと出たからだ。きっと光の下では形を変えることさえままならないのだろう。だから奴は倒れ、影となった背中の部分だけを触手に変えて砂に潜った。ムワンブの苦手は光だ」

「今は夜だよ、クサレ」

イシュが情けない声で言った。

「そう。だから奴らはここにやってくる。あの子供たちの鳴き声は〈雨の小屋〉にまで届いて、ここに我々がいることを知らせたに違いない」

「じゃあ、すぐに逃げよう」

イシュが言った。

「わかったわ。早速ソリを回して」と言いかけた物売りを押しとどめたのはグインだった。

「駄目だ」

グインは言った。

「奴らをこのままにしておけば、今度は別の村を襲うだろう。何故今までそうしなかったのかはわからないが、人の味を覚えたやつらは、これから次々と村を襲うに違いない」

「だからどうだっていうのよ」

物売りは言う。

「村を滅ぼすほどの数がいるのよ。あたしたちだけで何が出来るというのよ」

「手はある」

みんなが私を見た。

「ただしみんなで力を合わせればな」

そういった私を、物売りが嫌そうな顔で睨んだ。

6

村の中心に建てられた村長の家に我々は集まっていた。灯りはない。月明かりにイシュとグインの顔が見える。二人とも既に役に入っているのか、堂々とした戦士の態度だ。

私の役目は警報だ。

この喉と声が私の武器なのだ。

部屋の中央には白い灰が小さな山を作っていた。準備は整った。

待つ身は辛い。

今夜本当にムワンブの群れがやってくるのか。ありもしないものに我々は怯えているのではないのか。既にムワンブは背後に潜んでいるのではないか。考えずとも良いものが、次から次へと頭に浮かんでくる。

——いあっ！　いあっ！　いあっ！

遠くからナナシの声が聞こえた。

ムワンブが近づいたことを知らせているのだ。

グインとイシュが柄に手をかける。

私たちは小屋を出た。ここにいては、知らぬ間に周りを囲まれてしまうかもしれないからだ。

外に出ると、風に乗って腐臭が漂ってきた。村中を駆けまわり、残された肉片だの内臓だのをかき集め、村のテマエ側——つまり〈雨の小屋〉がある方角にばらまいたのだ。そこからムワンブたちがやってくるのを考えてのことだった。

人影が見えた。

なるほど一つの村を全滅させるだけの数はいるようだ。

我々は出来る限り奴らを引き寄せなければならない。

私はいったん家の中に戻り、灰の中から赤く輝く熾《おき》を取り出した。灰を塗った掌でそれを転がしながら外に出る。

ムワンブの群れは、その臭《くさ》い息を嗅げるほどに近くまで迫っていた。

——いあああああ！

私は叫んだ。

——きぃあぁああ！

答えるようにムワンブたちが啼いた。

負けじと私も叫ぶ。

それが合図だった。

テマエから音をたてて炎が上がった。

今ムワンブたちが来たところからだ。

退路を断たれ、きぃきぃとムワンブたちは啼き交わす。

マヴォとナナシが火を放ったのだ。

炎は我々を囲むようにして広がっていく。

事前にありったけの油を撒《ま》いたのだ。その臭いを悟られないように、奴らの来るところに内臓をばらまいたのだ。今のところ我々の思ったとおりに事は運んでいる。

走れ！

叫ぶと同時に私は走りだした。グインとイシュも一緒だ。

広がりゆく炎を背に全速力だ。

逃げる我々を見たムワンブたちは、もう人の形をとっていなかった。それぞれがもつれ合った触手の塊となって我々を追う。

まるで巨大なイドだ。

そのまま逃げ切れるものではない。

ナナシが我々を囲むように火を放って廻っている。

その炎へと近づいた。

ムワンブはすぐそこに迫っていた。

我々は炎を背に立ち止まった。

グインとイシュが剣を抜く。が、あの大群に押し寄せられたらひとたまりもないだろう。だが、壁のように盛り上がった触手の山は、我々の直前で止まった。炎がぬらぬらとした触手の塊を照らしていた。

光と熱が、ムワンブを遠ざけているのだ。

そのために我々は背中が焼けるほど、炎に近づいているのだった。

睨み合ったまま互いに動きがとれない。

私にしてみればこのまま夜が明けるのではないかと思えるほどの時間が経った時だ。

ほおー、ほおー、ほおー、と奇妙な掛け声が近づいてきた。

物売りだ。

物売りの乗ったソリが風のように我々に突っ込んでくる。

「乗ってぇええ！」

物売りが叫んだ。

ソリは荷物を降ろして空だ。そこにはマヴォが乗って我々に手を伸ばしていた。

グインが、イシュが飛び乗り、私はマヴォの手を借りてソリへと乗り移った。

「遅いぞ、物売り」

グインがそう言うのも聞こえないようだ。ほおほおと掛け声を掛け、物売りは長い革鞭で必死になって狼《ガルル》を打った。

炎に沿ってソリは走る。

吹き上がる炎が風を起こし、風が炎を熾《おこ》す。

熱風に何もかも燃え上がりそうだ。

「ナナシ！」

めざとくイシュが見つけた。

「乗れ！」

グインが逞しい腕を出す。

ナナシは荷のようにひょいとソリに乗せられた。

火膨れした腕を押さえながら、ナナシは笑って見せた。

「大丈夫ですよ」

「急げ！」

私が言うと、物売りは「わかってるわよ！」と怒鳴り返す。

ムコウ側に一箇所だけ、油を撒いていないところがある。炎は我々を囲み、残されているのはそこだけだ。

ソリはそこを目指し、矢のように走る。

「ほおー、ほおー、ほおー！」

物売りの掛け声がいっそう大きくなった。

炎の壁は高くそびえ、風に押され中央へと燃え広がっている。何が燃えているのでもない、熱風が炎と化しているのだ。

熱と光に追われ、ムワンブの群れは今や我々を追うどころではない。

悲鳴混じりの悲痛な鳴き声を上げながら家々を踏みつぶし走る。

熱に焼かれたムワンブの臭い煙が、鼻を刺し目を潰す。

炎の輪が閉じようとしていた。

ソリがそのわずかな隙間を目指す。

ムワンブの触手が、ソリの背後に伸びた。

私はそこに積んでいた樽を蹴落とす。

落ちて割れた樽から最後の油が散った。

炎の輪から抜け出る寸前だった。

私は今まで後生大事に持っていた熾を、油へと投げた。

ごうっ、と音を上げて輪が閉じた。

ムワンブは炎の輪の中に閉じこめられた。

炎は月をも焦がす勢いで燃え上がっていた。

断末魔の怖ろしい声が、夜のノスフェラスに響き渡った。

7

ナナシの腕の手当をすませ、我々は回収した荷物をソリへと積み直した。

「もうあんな怖ろしいこと、御免ですからね」

物売りが言う。

「我々も御免だよ」

イシュが笑う。

「何故だろう」

私は物売りを見て、言った。

「幻の生き物であったムワンブが、どうしてあんなに増えて、しかも村を襲ったりしたのだろうか」

「なんで私に訊くのよ」

「奴らにたいした知恵はなさそうだ。それなのに、どうして奴らは〈雨の小屋〉に死体を運び込むことが出来た。どうして〈雨の小屋〉があることを知っていた」

「そんなことあたしが知ってるわけがないじゃないの」

「最初は雨が降ったので獲物が腐らないように〈雨の小屋〉に運び込んだのだと思っていた。だがどうみてもムワンブはそれだけの知恵を持っていない。奴らが自力で〈雨の小屋〉を発見し、それを利用したとは思えないのだ。そうなると、奴らは最初から〈雨の小屋〉を知っていたということになる。一番しっくりする考えはこうだ。奴らは最初にあの〈雨の小屋〉に閉じこめられていた。あの夜、扉を壊し外に抜け出て、生き物の臭いを嗅ぎつけて村へと向かった。村と〈雨の小屋〉はかなり近かったからね。そして村を襲い、食べきれない死体を、また〈雨の小屋〉へと持ち帰った」

「それで、そうだとしたらどうだと言いたいの」

「オームの雇われ兵士はなんであの村にいたんだね」

「だから、どうしてそれをあたしに訊くのよ」

「キタイの物売りが売り物としてムワンブを連れてきた。あの兵士はその護衛だった。そうじゃないのかね」

「あたしにそんなことを訊かれてもわからないわよ」

「まあいいだろう」

　私は言った。

「この旅が終わるまでには、おまえが何を考えているかもわかるだろうさ」

物売りは私の言葉を無視して、ことさらに大きな声で言った。

「さあ、休憩は終わり。もう出掛けるわよ」

　ソリに乗り込み、鞭を打つ。

　何事もなかったかのように、旅は続く。なあに、何も心配することはない。善き人間《セム》にはアルフェットゥ尊のご加護があるのだ。いかなる物事も、やがては私の口で語られるカタリとなるだろう。かくてこの世はしかるべき。もって砂の如し、なのである。

第三話　グイン、地にもぐる

1

すべての物事に始まりがあり終わりがある。終わりのない始まりもないが、始まりのない終わりもない。始まりと終わりは一本の紐のように必ず繋がっている。つまりはそういうことだ。

今日は昨日とかわらぬように見える。明日もまた今日とかわらぬように思える。だが時は昨日から今日へと確実に一歩進んでいる。時は決して逆さまに向かわないからだ。

昨日と今日は違う。今日と明日は違う。良くなるか悪くなるかはわからない。だが間違いなく今日ではない明日がくる。この世はしかるべき。もって砂の如し。なるようになるのである。

私たちは旅に出た。

始まった旅はやがて終わる。

生まれ落ちたものが必ず死ぬように。

すべての物事はなるべきところに向かい、進み、そして終わるのだ。

今は真夜中。一日が終わり、そして次の一日が始まるまでの時間だ。終わりから始まりまでの、何もない、一日の中で最も死に近い時間。善良な人《セム》はこの間眠りに就いている。

昔ほどでもないが、ノスフェラスの夜は冷える。テントを構えずに凍える夜を過ごすには、布にくるまり砂に潜って過ごすのが一番だ。しかし、もし陽が昇りきるまでそのままでいたら、砂に蒸されて死んでしまう。だから我々は砂虫《リョラト》の朝食になりたくなければ、日が昇りきる前に起きなければならない。

砂漠では寝坊など許されないのだ。

だからといって起きることばかり考えていては眠れない。眠れない人間もまた死んでいく。

眠りは神の恩寵だ。それは蜜のように甘い。年寄りがすぐ目覚めるようになるのは、そろそろ最後の旅に出る準備をしておけという意味なのだろう。歳を重ねることで人《セム》は苦味もまた味であることを知る。

さて、私も歳を経て眠りの精に嫌われつつあるようだった。

その夜はおかしな時間に目覚めた。

夢をみたのだ。

恐ろしい夢だった。

汗をびっしょりとかいている。

風にさらされている顔がひどく冷たい。

月明かりが、夜のノスフェラスを青白く輝かせていた。

満月だ。

私は首だけを動かして、蒼褪《あおざ》めた砂肌を見た。

物売りのテントが黒々とした影となって見えていた。オームたちはテントがなければ砂漠で眠ることも出来ない。

人影があった。

テントからごそごそと出てくる者がいる。

こんな時間に来客などあり得ない。あるのなら悪霊の訪れだろう。そしてそれが悪霊でないのなら、テントの持ち主、つまりキタイの物売りそのものの人影だ。あるいは悪霊でもあるキタイの物売りなのかもしれない。

私はじっとその影を見る。

小便に行くのかと思った。

だがそうではなかった。

表に出た影は、両手をぱっと空へと掲げた。

その手から、何かが飛び立った。

夜よりも黒い影は大きく羽ばたき、月を横切って飛び去っていった。

この時間に飛べる鳥の数は少ない。

おそらく大きさからみてヨバト。ヨバトは夜に移動し、昼間は砂影で休むノスフェラスの鳥だ。一晩で一日分の餌を集め、風よりも早く巣に戻る。

さてこれを見逃すべきかどうか。

考えたのは少しの時間だ。愚か者の長考という言葉がある。決断は素早いほうがいい。

私は砂から抜け出し、そっと物売りに近づいて行った。

「あれはヨバトだ」

私は言った。

矢で射られた砂イタチのように、物売りはぴょんと飛び上がっておかしな悲鳴を上げた。

それから振り返ると、震える声で怒鳴った。

「こんなところで、何をしてるのよぉ！」

「それは私の言う台詞だと思うがね」

「あたしはほら、あれよあれ」

「ヨバトを飛ばしていた」

「ヨバト？　えっ、ヨバト？」

「夜に飛ぶ鳥だよ」

「いや、あれはその、テントに迷いこんできたから」

「ヨバトは夜の間に多くの距離を飛んで巣に帰る。どの場所に連れて行っても必ず朝までには帰る。旅人の中にはその力を仲間同士の連絡に利用するものがいると聞いたことがある。ヨバトにモジを書いた布を結びつけ、仲間が持っている巣に向かって放つ。そうやって仲間と連絡を取り合うのだ。違うか、物売り」

「はいはい、わかりましたよ。あなたは物知りでございますよ。そのとおり、連絡をしてたわよ。あたしはひとりで商いをしているわけじゃあないのよ。あたしも物売りたちの座《ギルド》のひとり。みんなで連絡をとりあって商売をしているわけよ。物を売りに出たまま一度も連絡をしていなかったから、ちょっとギルド本部に連絡をしただけよ。これこれここにいてこういうことをしていますってね。それのどこが悪いっていうのよ！」

「悪いとは言っていない」

「……あら、そうだったかしら」

「おまえが何を考え何をしようとしてるのかは知らない。だが覚えておくがいい。我々はアルフェットゥ尊と共にありアルフェットゥ尊と共に生きている。それが神の意に沿わぬ事であるなら、我々はそれを決して許さないだろう」

「だいたいあなたたちは物売りのしている〈商い〉というものがお嫌いなんじゃなくて？」

「己が嫌うあれこれが、すなわち神の意に沿わぬものだと考える誰かがいるのなら、その者こそが傲慢《ごうまん》の罪でアルフェットゥ尊の名によって裁かれねばならぬだろう」

「じゃあ、あたしはあんたたちの神に嫌われちゃいないってことかしら」

「今はまだ。それは明日もそうでないことを意味してはいないがね」

「あたしたちの商いは、つまり友好的に生きていきましょうってことなのよ。みんな仲良く。そういうこと。さあ、夜明けまであたしは寝るつもりだから。じゃあね」

物売りはテントの中へと戻っていった。

一人残された私はまた砂の中に戻ったのだが、すっかり眠りの精に見放されてしまったようで、そのまま朝を迎えることとなった。

2

「ここまでは皆さんもおおよそご存じの土地を通ってきました。セムにとっては散歩も同然です」

朝、出発の支度をし終えてから、マヴォが話を始めた。

「ですがここから、旅のオームによってのみ伝えられている場所へと入ることになります。私もそこへ入るのは初めてなのです。もしかするとそこは、ノスフェラスにありながらアルフェットゥ尊の力が及ばぬ呪われた地であるのかも知れません。今はなき瘴気《グル》・の谷《ヌー》のように。そこで最後に皆さんにお聞きします。それでもその地へと向かうのですね。名誉なき穢《けが》れた死が待ち構えているかもしれない土地なのですよ。今からでも引き返すには遅くありません。誰もそれを臆病と誹《そし》る者はいないでしょう」

マヴォは誰かが何かを述べるのをしばらく待っていた。誰も何も言わなかった。

「それでは、まずそこに行くための準備を整えねばなりません。ここからムコウへ進むと地這い蔦《ザワザタ》が生えている場所があります。まずはそれを刈ります。それで大きな丸籠を二つ作ります」

ザワザタは砂の中に網のように広がる草だ。刈り取り充分に乾かすと非常に堅く丈夫になる。そこで乾かぬうちに編んで籠をつくるのだ。天日で一日も乾かせば、丈夫な籠が出来上がる。

我々はマヴォの教えるがままに、とてつもなく大きな籠を二つ、五人掛かりで作り上げた。誰もが思った通り、物売りは何一つ手伝いをしなかった。

そうして出来た籠を二つ重ね合わせ、半分だけ編み、どでかい玉を作った。中に六人の人間が充分入れる大きさだ。ここまで作るのに丸一日掛かった。半日ほど干したが、それではまだ干し方が足りない。

生乾きのザワザタは臭い。

丁度腐った生肉の臭いにそっくりだ。

その夜、これを半ば砂に埋めて、我々は少し離れたところで身を隠して待った。

グインとイシュは、二人して緊張に毛が逆立ち、その胸や肩が、いつもの倍ほどの大きさに膨らんでいた。今から彼らのする仕事は少々危険なことだからだ。イシュは荒く息を繰り返している。

落ち着け、と私はその背を撫でた。

マヴォとナナシは弓に矢を番《つが》えた。矢じりにはたっぷりと毒が塗られてある。

満月の夜は明るい。

地に埋めた玉がくっきりと見えていた。

しばらくすると、後ろからくうくうと寝息が聞こえてきた。見るまでもない。物売りだ。もし大イビキでもかいたら、即座に口を押さえてやろうと構えていたら、それが始まった。

籠のすぐ横から砂塵が吹き出したのだ。
「来た」
マヴォが呟く。
砂を噴き上げ現れたのは、巨大な大食らい《リヨラト》だ。
ザワザタの腐臭につられて現れたのだ。
その大口で、ぱくりと玉に食らいついた。
一口だった。
あっという間に大きな玉を呑み込んでしまった。
普段は無いに等しい胴体が、胃袋と共にいきなり膨れ上がった。
大きな玉に、尖った顎《あご》を無理矢理貼り付けたような奇妙な怪物が出来上がった。
「今だ！」
叫んだのはグインだ。
マヴォとナナシが毒矢を放った。
それは膨らんだ腹にきれいに命中する。
「アイーアイー！」
勇ましく声を上げ、グインとイシュが駆け寄った。私も必死になって走る。
毒が回ってきているのだろう。

大食らいの動きは鈍い。

私は後から走り寄ると、その腹の裏側に大きな鉤針《かぎばり》を引っかけた。それには長い縄がついている。縄の端は私の腹に括《くく》り付けてあった。のそのそと移動する大食らいを止めるのが私の役目だ。

グインとイシュはその大顎へと近づく。

移動のために慌てて玉を吐き出そうとしていた。その口をグインが上下から抱きかかえるようにして押さえつけた。

「やれ！」

グインはイシュに言った。

その太い腕がさらに大きく膨らむ。

みしっ、と音がしたのは、大食らいの顎だ。

閉じる力に比べると、大食らいの開ける力は弱いと言われている。が、それでもこれだけの巨体だ。そうそう簡単に押さえていられる物でもない。

グインは早くも脂汗を垂らし始めた。

ようやく己の窮状に気づいたのだろうか。大食らいが暴れ出した。私は全身の体重を掛けて、動きを止める。私ひとりでどうなるものでもないが、砂に潜って逃げるのを止めることは出来る。

「馴染みの相手だ！」

イシュが叫んだ。

「怖れるに足らんぞ！」

誰に言っているのでもない。自分に言い聞かせているのだ。

イシュは怒鳴り散らしながら、鉤針で大食らいの上顎と下顎を貫いた。そして縄を通し結ぶ。口を開かぬようにしているのだ。

一つ、二つ、全部で三つの結び目ができる。

これでいかように暴れようとも、もう腹から籠の玉を出すことはできなくなった。グインが手を離す。

二人が剣を抜いた。

頭の脇、人で言うならコメカミの辺りに剣を突き立てる。

固い皮はそう簡単に剣を通さない。

グインとイシュは両端から何度も何度も剣を突き立てた。

暴れ回る大食らいを引き留めるのに私は必死だ。途中でマヴォとナナシが駆けつけてくれた。三人で綱を引く。右に左に揺すられながらなんとか踏ん張る。

ぐさり、と切っ先が皮を貫いた。

青黒い血が噴き出す。

「イィイイイィ！」

二人が叫び、さらに力を込める。

と、剣がずぶずぶと頭の中に沈んでいった。

大きくその身体を震わせ、とうとう大食らいの動きが止まった。

「言っただろう」

イシュはほっと息をついて、じっと様子を見守っていた物売りに言った。

「所詮は勇敢なセムの敵ではないとね」

「お見事」

物売りは胸の前でぱちぱちと拍手した。

こうして我々が手に入れたのは、大食らいの頭をつけた奇妙な大玉だ。

「これを砂の目《コ・ソ》にまで持って行きます」

肩で息をしながらマヴォは言った。

「砂の目？」

私は聞き返した。

「そうです、クサレ。すぐ近くに大きな砂の目があるんです」

砂の目とは大蟻地獄《ラル》の巣と同じ、流れる砂で作られた底なしの落とし穴だ。

余所者にとっては怖ろしいものかもしれないが、我々は余程のことがない限りそんなモノに落ちたりはしない。他の砂と簡単に見分けが付くからだ。とはいえ子供や年寄りには、それなりに注意をする必要はあるのだが。かといってオームたちほど怖れる物でもない。案の定物売りは尻込みを始めた。

「そんなところに行って何をするのよ」

マヴォは笑いながら答えた。

「入るんです」

さすがにその答えには驚いた。

「マヴォよ。砂の目は底無しで、死者の住む町にまで繋がっているのだと聞いている。そんなところに向かうのか」

私が訊ねると、マヴォは頷いた。

「とにかく、そこまで行きましょう。すぐそばですから」

我々は大食らいで出来た大きな玉を転がしながら進んだ。

マヴォの言うとおりだった。

大食らいと格闘したところからさほど離れていない場所に、大きな砂の目があった。

夜目にもさらさらと流れる砂の粒が見える。

「私たちはこの籠に入り、砂の目へと潜ります」

マヴォが言った。普段であれば笑い飛ばすであろう無茶な話だ。

「さっきも聞いたが、そんなことが本当に出来るのか」

　私が問うと、マヴォは今まで以上に真剣な顔で言った。

「他の場所の砂の目の底がどうなっているのか、私は知りません。ですが旅のオームの言ったことを信じるなら、この砂の目の底は私たちの目的地へと繋がっているのです」

　マヴォはみんなの顔をゆっくりと見回した。

「しつこいようですが、今が引き返すことの出来る最後の機会です。ここから先に進めば、もう引き返すことは出来ません。旅のオームの話を信じて進む以外に方法はなくなるのです。それでも本当に良いのか、もう一度考えてください」

「じゃあ、まああたしはここらへんで――」

　口を開いたのは物売りだ。

「言っておくが、キタイの物売りよ。おまえにはもう引き返す道はない。私が進む以上、おまえにも一緒に来てもらう」

「なんでよ。馬鹿じゃないの。どうしてそんなことをあんたなんかに命令されなきゃならないのよ」

　言いながら、全員が自分を睨《にら》みつけていることに気がついたようだ。

「……行くわよ。最初からそのつもりよ。何言ってるのよ。旅に出た時から覚悟を決めて出てきたんだから」

「マヴォよ。みんなもう決意しているようだよ」

私は言った。

「わかりました。それではまずこの玉を砂の目のぎりぎりきわまで持って行きます」

マヴォの言うとおり、砂が動き始める砂の目の縁ぎりぎりのところまで、奇妙な大玉を転がしていった。

マヴォはそこで短剣を取り出し、口を縛っていた縄を三箇所ともぷつぷつと切った。

そして下顎に開いたその穴に、改めて縄を通すと、砂に打ち込んだ錨杭《いかりぐい》に結びつけた。

錨杭は柔らかな砂の中に打ち込んでも、なかなか抜けないように出来ている特別な杭だ。貴重な品だが村には必ず数本が用意されている。本来なら村から持ち出すことなどあり得ないような貴重品だが、マヴォが独断で持ち出したのかもしれない。

杭に縛って、マヴォは最後の一押しをした。玉が砂に流され始めた。縄がぴんと張る。

それからマヴォは、両手で大食らいの口を大きく開いた。

そこにもう籠が見えている。籠は上下を半分しか編んでいないので、手を入れてこじ開けると大きな隙間が出来た。

「ここから中に入ってもらいます。そして最後のひとりが縄を切り、乗りこみます」

「じゃあ、あたしがその最後のひとりに」

なりますと言いかけた物売りを押さえて、私は言った。

「ナナシが一番素早い。最後に乗ってくれるか」

　ナナシは頷いた。

　物売りは溜息をついてその場を離れ、停めてあったソリに近づく。

「仕方ない」

　物売りは砂漠オオカミ《ガルル》たちの横にしゃがみ込むと言った。

「寂しいけれど、ここでお別れよ。いつ帰って来られるかわからないから、あなたたちは自由になさい」

　オオカミたちをソリに結びつけていた革紐を一頭ずつ外していく。

「さ、お行きなさい」

　尻を叩き、すべてのオオカミたちを追い払った。

「荷物は自分で持てる分だけにしてください」

　そう言ったマヴォを睨みつけてから、物売りはまた溜息を漏らした。

「誰かが持って行かなきゃいいんだけど」

　袋を仕分けし、背負える分だけを詰め込んだ袋を持った。捨てきれなかったのだろう。かなり大きい。

「これでいいでしょ」

　誰に言うとなく呟くと、袋をぽんぽんと叩いた。

「それじゃあ、一番大きなあなたから乗ってください」

マヴォが言う。

「ええ、あたしがぁ。あなた意地悪で言ってない？　もう、仕方ないわねえ」

口はマヴォが押し開いている。

中の籠をこじ開け、物売りは恐る恐る中へ入った。

「うわっ、なんてニオイなの。暑いし狭いし臭いし、何であたしが――」

ぶつぶつとうるさく喋り続けている物売りの次に乗り込んだのはグインだ。続けてイシュ、マヴォと入り私が入った。

外から見たら大きく見えるが、さすがに五人が入るとかなり狭い。しかも生乾きの腐臭がしている。物売りではないが、確かにそう長時間我慢は出来ないかも知れない。

みんなは押し合いながら、最後にやってくるだろうナナシのための隙間を残して端によった。

「じゃあ、行きますよ」

外から声が聞こえた。

ぐらり、と玉が揺れた。

脚の方から、するりとナナシが滑りこんできた。

「わあ、痛い。もうちょっとなんとかならなあああああああ！」

物売りの台詞は途中から絶叫に変わった。

しかし誰もそれを笑えなかった。

私も長く旅をしてきたが、その中でもこれ程に辛い思いをしたことは少ない。

玉の中に詰められた六人は、まるで砂嵐に巻き込まれた木の葉のようにきりきりと回りぶつかり飛ばされ転がる。

六人の身体はぐしゃぐしゃとかき回されて、最後には一つになるのではないかと思えた。

よほど忍耐強い者であっても耐えられないだろう。

火が消えるように悲鳴が聞こえなくなっていく。そして私も、いつの間にか気を失っていた。

3

頭の痛みで目が覚めた。

ゆっくりと目を開くが、ぼんやりと見えた景色がぐるぐると回り出して慌てて目を閉じる。

頭があまりにも痛く、中から脳みそを摑み出して地面に叩きつけてやりたくなる。

「はい、これ飲んでください」

マヴォの声だった。

何かが私の唇を割る。

どうやら水筒のようだ。

中から水のような物が流れ込んできた。

水でないのは明らかだった。

舌がしびれるほどに苦いのだ。

「すぐに痛みは治まりますよ」

その言葉は嘘じゃなかった。

たちまち痛みが消えていく。

私はそっと目を開き、上体を起こした。

「大丈夫ですか、クサレ」

ナナシが寄ってきて背中を撫でてくれる。

「ああ、大丈夫だ」

どうやら私が最後に目をさましたようだ。みんなしっかりと起きて荷物の確認をしている。

周りを見回した。

我々のいるところは、大きな洞窟の中だった。中央をゆっくりと流れているのは白い砂だ。角度があるようにも見えないのだが、それはまるで本物の川のように流れている。我々が立っているところは堅い岩盤だった。洞窟に沿ってずっと堅い岩盤の道は続いていた。

上を見上げると天井に穴が開いている。その先は真っ暗で何も見えないが、そこから我々は籠に入って落ちてきたのだろう。つまり我々は底無しといわれる砂の目《コ・ソ》の底に今いることになる。

「とうとう砂の底の底の世界《マピ・マピ・エシュコ》に来たのですよ」

マヴォはそう言った。

マピ・マピ・エシュコはカタリの中にだけ存在する土地だとばかり思っていた。カタリの中では砂の目から落ちた者たちがたどり着く悪魔の土地の名だった。幾度も幾度もマピ・マピ・エシュコの話をしてきたが、まさかそこを自分が本当に訪れることになるとは。〈明日〉は人に読めるものではないのだ。

私は起ち上がる。

急に起ち上がったせいか、くらくらと目が回りそうになった。

「クサレ」

言いながらナナシが手を貸してくれた。

「ありがとう」

「本当に大丈夫ですか」

「やはり歳だね。みんなよりは回復が遅い」

起ち上がってみてわかったが、身体のあちこちが痛む。みれば赤黒く痣《あざ》が出来ているところもたくさんある。骨が折れていないことを感謝すべきなのかもしれない。

しばらくその場で足踏みをした。

どうにも身体がふわふわして、きちんと地面を踏んでいる気がしない。

前に進むと酔ってでもいるように脚がふらつき、まっすぐ歩けない。

よほどそんな自分の身体のことに気を取られていたのだろう。その時になってようやく私はそれに気がついた。

「明るいな」

そう呟く。

「話の通りだ。蛍草《オルンミラ》が生えているのだろうか」

「どうやらそうみたいですよ」

私の腕を支えてくれているナナシが言った。蛍草は茎と葉、そして特に花が、闇のなかで白く輝く。ノスフェラスでも特別の日に特別の場所でしかみられない特別な草だ。我々のように年中旅でもしていなければ、一生それを見ることがないセムはいくらでもいるだろう。

「壁にも場所によってはびっしりと生えているようですし、なにより、ほら」

ナナシは両手で何かを捕まえるようにして両手を合わせて、掌の中を私に見せた。片目で覗くと、何かがキラキラと輝いている。

「蛍草の花が咲いているようで、光る花粉がそこら中を舞っていますよ。だからどこもかしこも輝いて見えるんですね」

「これは不思議だ。長生きをしてもこんな景色を見る者はそうそういないだろうな」

「ほんとほんと、これは凄いわね」

物売りは手に持った小さな筒の中に、蛍草の花を詰め込みながら言った。

「素晴らしい。本当に素晴らしいわ」

「それも売り物にするのかね」

私が訊ねると、物売りはほむほむと笑ってから言った。

「これは研究材料よ。我々キタイの物売りは、商人でもあるけれど学者でもあるのよ」

「金儲けのための学問かね」

「お金という物の大切さを、あなたたちはなかなか理解できないみたいね。まあ、文明という物がないのだから仕方ないと言えば仕方ないけども」

　物売りは薄笑いを浮かべて私を見下ろした。多くのオームが我々をイライラさせるのは、オームが我々を下に見ているからだ。どのようなオームも、その態度に、その言葉に、セムを下等だと見ていることがどうしても現れる。そしてその思いは、いつの間にか目の中に入り込んだ砂のように不快極まりない。

　だが彼らがそう考える理由は、わからなくはないのだ。我々から見ればこのキタイの物売りの喋り方は馬鹿に見える。勘違いしていたり、片言の言葉で喋っている相手を見ると、どうしても馬鹿に見えてしまうのだ。だからオームどもが我々のことも同じように思っているだろうことは想像できる。

　だがこうやって長く一緒にいることでキタイの物売りに関してわかったことが一つある。この物売りたちの言葉はなぜいつまでも勘違いしたままなのかということだ。あきないのためにいくつもの言葉を上手に話すことが出来ると噂される物売りたちが、どうしてセムの言葉だけこんな間違いをしているのか。

　そして理解したのだ。この世には侮《あなど》られることを利用する者もいるということを。誇りよりも駆け引きを重んじる者がいるということを。

「クサレ」

　呼びかけられ我に返った。

どうやら何度も呼んでいたらしく、マヴォは不安そうな顔で私を見ていた。

「いや、ちょっと考え事をしていただけだよ。なんだね」

「ここからの道筋なのですが」

マヴォは一枚の絵地図を取り出してきた。

「ほっほっほう」

物売りが奇声を上げた。

「やっぱりそんなものを隠していたのね。本当に性悪な女だこと」

「なぜ地図を持っていたら性悪なんでしょうか」

むっとしてマヴォが言う。

「黙っているのが性悪なのよ」

マヴォには物売りの言うことがさっぱりわからないようだ。

「マヴォよ。あの男のしていることは言い掛かりといって、いちいち相手をしてはならないのだよ」

私は物売りを睨んだ。

「はいはい、わかりましたよ。もう喋りません。静かにしていますよ」

拗《す》ねる物売りを無視して、マヴォは絵地図を広げた。

「これはオームの旅人から話を聞きながら、私の祖父が描いたものです。正確な物とは言えませんが、これを信じるしかないのです。で、この地下道はここからずっと一本道のはずです。この最初に分かれる道まで、とにかく歩き続けましょう」

「わかった。マヴォが先導してくれるかね」

「はい、もちろんです」

マヴォが先頭に立って地下の道を歩いていく。左には流れる白い砂、右は壁だ。壁は階段のような小さな段がついており、それは天井まで続いていた。層になった岩が、剝がれるように落ちて自然の階段が出来たようだ。

さっき喋らないと宣言したばかりの物売りが、早速文句を言いだした。

「重い。重いわ。堪らないわよ、こんなもの背負って運ぶなんて。誰かあたしの荷物を持とうなんて人はいないの？　セムは旅人に親切じゃなかったの？」

「おまえは旅人じゃない。物売りだ」

私は言った。

「物売りには親切じゃないの？」

「親切じゃないな。特におまえのような者には」

「何よ。何が言いたいのよ。だいたいあなたは――」

「おまえが一番大きく、一番力があるはずだ。みんながそれぞれ自分の荷物を持っている。それが旅をするということだ。持つことが出来ない荷物は、おまえにとって必要のない荷物だ。ここに置いていくがいい」

「絶対誰がなんと言っても、荷物を置いて先には進みませんからね」

「勝手にするがいいさ。とにかく旅は、自分で持てる分だけの荷物を持つ。当たり前のことだと思うのだが」

「はいはいはいはいはい、わかりましたよ」

ようやく物売りの口が閉じた。

「クサレよ、何か身体がぴりぴりするのだ」

言ったのはグインだった。

「何かが迫っているような気がする」

グインの毛が逆立っていた。その下で筋肉の束が畝《うね》のように盛り上がっている。

「誰かに見られているような気がするのだよ。みんなは気がつかないのか」

「俺も感じる」

そう言ったのはイシュだ。

「誰かが見ている」

「何かが、かもしれんな」

私は言った。

「どういうことだ」

「見ているのは人ではないかもしれないということだよ」

うぉおっほっほ！

奇声を上げたのは物売りだ。

「どうした」

振り返ってみると、頭から青く長い外套までがびしょぬれだ。

「くせぇ」

言って、物売りの前にいたイシュが飛び退いた。

「あれを！」

物売りの後ろに立っていたナナシが、物売りの頭上を指差した。

階段状の岩壁に大きな丸い肉の塊がへばりついていた。腐り肉を壁に叩きつけるとこうなるだろうか。ただその肉の塊は人と変わらぬ大きさをしており、しかも砂カエルそっくりの長い手脚を持っていた。

それは壁にへばりついたままがさごそと逃げる。

グインとイシュが剣を抜いた。

肉の塊は剣の届かぬところで、何かを始めた。

ガリゴリと大きな音がする。

何かを齧《かじ》っているようだ。

それを覗き込んだグインが言った。

「岩を……食ってる」

「これがイワカブリなのか」

私は言った。

これもまたカタリの中だけの怪物だと思っていた。岩を食べる生き物などいるはずがないと。しかし今回の旅でわかったことは、カタリには必ず元になる事実があるということだ。

カタリの中のイワカブリはトカゲのような生き物だということになっていたが、目の前にいるのはトカゲとは似ても似つかない。

ガリバリゴリと岩を噛み砕く音が大きく響く。どうやら食べる岩には種類があるようで、囓るところを選んで少しずつ移動していた。

「けっこう食べ物にはうるさいのかもしれんな」

珍しくグインが冗談を言った。

「ほんとう、そうですよね」

そんな言葉にも、マヴォは尊敬の声を上げる。いくら否定しても、マヴォはグインのことをリアードと同じに思っているようだった。

「どうやら危険はなさそうだ。先に進もう」

グインは言った。

「ちょっと待ってよ。あたしはどうなるのよ」

物売りは運悪くイワカブリの小便をかけられたようだった。

「多少臭うが辛抱するしかないだろう」

私が言う。

「ああ、もぉっ」

物売りが石をイワカブリに投げた。

イワカブリは素早く逃げていく。

「弱いものに当たるのは止めろ」

グインが言うと、物売りはぷいと顔を背《そむ》ける。

「悪いことは必ず良いことを連れてくるという。物は考えようだ、キタイの物売りよ」

私が言うと、物売りは「はいはいわかりましたよ」とふてくされた顔で言った。

4

長く大きな洞窟を抜けたときの我々の驚きをどう説明すればいいだろうか。

そこは地中であったはずだ。しかし洞窟を抜けた先には、断崖絶壁が待ち構えていた。流れてきた砂の川は、滝となって崖の下へとさらさら流れ落ちていく。

上を見ても果てがなく、下を見ても果てがなかった。一瞬外の世界に出てしまったのかと思うほどだった。

我々の立っているのはどこまでも続く岩盤に穿《うが》たれた小さな穴の端だ。その岩盤はゆっくりと弧を描いて円筒を形作っている。一見するとわからないほど巨大だが、つまりここは筒のようになった縦穴なのだ。

どれほど広大であったとしても、ここは地底の世界だ。周囲は壁に囲まれている。上を見ても空はない。今いるところから反対側はぼんやりと霞んで見えないが、地図にはその向こうにまだ道があることを示していた。

穴から顔を付き出して、横の壁を見てみると、それまでと同じ階段状の段差があった。足を載せ手で支えることもできる。つまり壁沿いにならまだ進むことが出来た。そしてこの広大な場所があくまで洞窟の中の縦穴である限り、壁沿いに迂回すれば必ず向こう側の穴へと辿りつけるはずなのだ。

「進むしかありませんね」

そう言ったマヴォはなかなかに肝の座った女ではあるが、その脚が震えていた。私にしてもそうだ。ここを壁伝いに歩くのかと考えただけで冷や汗が流れる。地獄まで続いているかもしれない崖を、わずかばかりの足掛かりを頼りに、あるかどうかもわからない向こう側の道を目指して進まねばならないのだ。平然としていられる者がいるのなら、それこそカタリの中の英雄ぐらいのものだろう。

「私が先頭を行こう」

グインがそう言った。

背筋を伸ばし胸を張り、その目はすでに向こう側の道を見据えている。

なるほど。ここには物語《カタリ》の中の英雄がいたのだ。

彼は役に入っていた。

リアードなら、こんな時にどうするだろうか。少なくとも怯えることだけはないだろう。グインは頭の中のリアードに問い掛け、成りきっているのだ。

「俺が一番後ろを進もう。怖じ気づいて引き返そうとする馬鹿の尻を叩くものがいるだろう」

腕組みをしてイシュは物売りを睨んだ。彼もまたリアードの右腕、イシュトヴァーンに成りきっていた。

そうだ。我々は役者なのだ。物語は我々を見捨てない。私の仕事は、この英雄たちの物語を作り出すことだった。

すぐに私は指示を出す。

「二番目をマヴォが、次はナナシだ。私はその後ろを。イシュの前に物売りが行く。それでいいな」

「少し待ってもらえますか」

ナナシは自らの袋の中から、一本の筒を出してきた。その筒に入っているのは炭を油で溶いたものだ。それを指に取り、頭に撫で付けていく。これでナナシの頭は真っ黒になった。それから何種類もの染料の入った板を出した。それを指につけた油で溶き、極彩色の文様を顔に塗る。

ほんの僅かの間にナナシがしたのは戦闘のための扮装、しかもそれはあの勇猛なグロの大酋長イラチェリのものだ。リアードと共に戦った残酷無比の戦士イラチェリが、驚くべきことに化粧一つでここに蘇《よみがえ》ったのだ。

「行け、グイン」

そう言ったナナシはまさにカタリの中のイラチェリそのものだった。

我々の今いる洞窟は、巨大な筒へ穿たれた小さな穴だ。我々はその筒の内側をぐるりと回って反対側に出なければならない。考えるだけで気が遠くなるが、リアードとなったグインにはなんということもないのだろう。

グインは崖に背を向け、壁へと踏み出した。その姿が見えなくなる。次がマヴォ。いまやリアードそのものとなったグインの後ろに続く。神と共に歩くものに躊躇《ちゅうちょ》はない。

グインに負けぬ大胆さで壁へと向かう。

次のナナシはもうナナシではない。崖に飛び降りるのかというほどの勢いで洞窟を出ると見えなくなった。

そして私の番だ。恐ろしい断崖に背を向け、穴の外壁に手を付く。そして爪先で探りながら壁の段差へと足を置いた。

そこまで行くと、一気に体重を移し、穴から壁へと渡った。

壁に手をつけ、蜘蛛のようにへばりつく。

ここまででかなりの時間が掛かってしまった。

恐る恐る最初の一歩を進める。壁に張り付き、ケス河の蟹のように横へと進む。足場そのものはそれほど狭いわけではない。歩き出せば、意外なほどしっかりとしている。高ささえ忘れることが出来れば、難なく渡り切れるはずだ。邪魔なのは恐怖心だ。

これはごっこだ。

私はそう思うことにした。

壁に沿って歩くだけの、ごっこ遊びだ。

本当はすぐ下に地面がある。それをないものとしてごっこ遊びをしているのだ。

下を見ないように、私は足を進めた。

最初の数歩こそ慎重だったが、少しずつ足並みは速くなった。

しかしもうすでにグインは遥か向こうだ。そして神の従者であるマヴォがそのすぐ後ろにいる。続くナナシ——大酋長イラチェリは何の恐れも感じていないようだった。マヴォを押しのけるほどの勢いでさっさと進んでいく。この三人の速さには追いつけない。間がどんどん開いていくのだが、それを詰めることがどうしても出来ない。

自分の後ろから物売りが、そしてイシュが来ているはずだ。例によって物売りが文句を言っている声が聞こえていたが、それも今はない。ちらりと見ると、大きな身体をぺたりと壁にへばりつけ、青ざめた顔でやってくる。滑稽ではあるが、私にそれを笑う余裕などない。

何はともあれ、少しずつでも我々は壁に沿って出口へと進んでいった。

来た道を振り返れば、すでに我々がここまで来た洞窟の穴が見えなくなっていた。

そして先頭からグインの声がした。

「出口が見えたぞ！」

少なくとも半分以上は進んできたようだ。

皆が少しだけほっとしただろうその時だ。

幸運は不運の手を引く、の喩《たと》え通り、不吉な声が頭上から聞こえた。

それは女の悲鳴そっくりだった。

見上げると、それは宙を滑空していた。

鳥に似ているが鳥ではない。

図体がでかい分目立ったのだろうか。

それは私の後ろにいた物売りに飛びかかろうとして、急に方向を変えて再び飛び立った。

さすがに物売りだ。

怪物にまで嫌われている。

頭の中に浮かんだその台詞を、口に出す余裕はない。

物売りをやり過ごしたそれが、今度は私の間近に飛んできたのだ。

すぐそばの壁にぺたりとへばりつく。

細長い蛇のような胴体に、虫のような細い肢がたくさんついている。そしてその肢と肢の間に肉襞《にくひだ》のような薄い半透明の皮膜が張っているのだ。

細い枯れ枝のような棘《とげ》だらけの肢を器用に動かし、それは同じ場所で身体をグルグルと回転させた。

私の真正面にそれの顔がくる。

顔は虫そのものだった。丸く虹色をした巨大な目。複雑にいくつにも分かれた顎。鳥の羽毛に似た触角。

大顎を左右に開き、それはきぇえええええええええと甲高い声で啼《な》いた。

茶褐色のヨダレがだらだらと流れ落ちる。

そして私へ頭を突き出すと、その大顎で首筋を噛み切ろうとした。

私には出来ることが何もなかった。

身体を強ばらせて首が噛み切られるのを待つだけだ。

目を閉じその瞬間を待った。

だがその時は訪れない。

私はしっかりと閉じていた目を開いた。

今私の首にかじりつく寸前だった怪物の顔の中央から、鋭い剣の切っ先が突き出ていた。

その後ろでナナシが剣を構えているのが見えた。

ずいぶん離れていたところにいたはずだ。

瞬時にここまで駆けつけただけでも驚異である。

それが片手で身体を支え、反対の手に持った剣で怪物の顔を突いたのだ。本物のイラチェリであったにしてもここまで出来ただろうかという離れ業だ。

ふむ、と一気に剣を引き抜くと、怪物はきりきりと舞いながら奈落の底へと落ちていった。

思わず私は手を離して拍手をしそうになった。

「走れ!」

そう叫んだのはグインだ。グインとマヴォはずいぶん前を進んでいた。

しかしそれはいくらなんでも無理な話だ。だが無理を承知でグインがそんな事をいった理由はすぐに分かった。

頭上で悲鳴の大合唱が始まったからだ。

さっきの怪物だ。

今の仲間は見張りだったのかもしれない。奴らは群れをなして襲ってきたのだ。

出口はたしかに見えていた。しかし、空中を飛んでくる怪物相手に逃げきれる距離でもない。

それでも私は必死になって壁づたいに足を運んだ。

グインはマヴォを先に進ませ、自分は崖を上に向かった。怪物に劣らない素早さだ。

ナナシが負けじとそれに続く。

壁はたしかに階段状になっている。だが階段であるにはあまりにも急勾配だ。そこを二人の物語の戦士たちは、蜩のようにするすると移動していく。

私は必死になって先へと進んだ。彼らの足手まといにだけはなりたくなかった。

振り返ると、物売りが少し遅れてついてくる。あの大きな身体は、この崖にへばりついて進むにさぞや不便だろう。
後ろのイシュがいらついている様子が目に浮かぶ。
怪物たちの叫び声がすぐ近くで聞こえた。
私は必死だ。
しかし焦れば焦るほど、出口は遠ざかっていくようにすら思える。
何かが私の後ろをかすめて、落ちていった。
ひとつだけではない。二つ三つと何かが風を切って落ちていく。
私は上を見上げた。
そこには片手で壁に摑まり、片手で剣を振るうグインとナナシの姿があった。
その踊るがごとき剣捌《さば》きの凄まじいこと！
羽根を切り裂かれ、首を叩き斬られ、次々と怪物たちが落下していく。
普段の二人からは考えられない動きだった。
役者とはなんとすごいものだろうか。一座を仕切るアルフェットゥ語りでありながら、
あらためて私は物語の持つ力の素晴らしさを感じていた。
いや、感心ばかりもしていられない。
いくら二人が鬼神もかくやという活躍をしても、相手の数はあまりにも多い。
二人の剣をかわして私に迫るものもいる。

急いで逃げねばならないのだ。

私の脚にかぶりつこうとした一匹が、くるくると回りながら落ちていった。毒の矢だ。

すでに反対側の洞窟にたどり着いたマヴォが、弓で狙っていたのだ。

みんなに守られ、必死で足を進めながら考えた。グインとナナシ、そして私へと怪物たちは群がる。ところが物売りとイシュに怪物たちが近づかないのだ。彼らがなかなか進めないのは、ただ単に物売りがグズグズとしているからだ。イシュは物売りにぴったりとくっついて、後ろから急かし続けている。

怪物たちは何故あの二人を避けるのだろう。そういえば、最初に物売りが狙われながら、怪物は途中で物売りから離れた。慌てて避けてでもいるように。

そこでようやく私は閃いたのだ。

「イシュ！　物売りの外套を切り取るんだ！　切ったら、その布を私やグインたちに配れ！」

言いながら、これもかなり無茶な注文だと思った。崖にしがみつきながらする仕事ではない。

しかし怪物たちはあの二人を襲わない。落ち着いてやれば出来なくもないだろう。二人のもめる声がしばらく聞こえた。しかしこんな時に物売りもわがままを言ってはいられなかったのだろう。

あの大事そうにしていた青い外套の端布がグインに、ナナシに手渡された。そしてグインの手から私にも渡される。

思った通りだった。

怪物どもは、我々の周囲をぐるぐると回るばかりで近づいてこなくなったのだ。

私の考えは間違っていなかった。

受け取った布の切れ端には、たっぷりとイワカブリの小便が染みついていた。あの特有の刺激臭がぷんぷんしている。

おそらくこの臭いがあの怪物を遠ざけるのだ。

きっとイワカブリたちもこの断崖を行き来しているのだろう。それが可能なのは、きっとこの臭いがあるからだ。

我々に近づけないことを知ったからだろうか。

怪物たちは向こう側の洞窟で待っているマヴォへと向かっていった。

グインが、そしてナナシがそれを追って洞窟へと向かう。

その速いこと速いこと。

私もそれに見とれている場合ではない。

必死になって崖を渡った。

命懸けになれば、何でも出来るものだ。

ようやく反対側の洞窟へと転がり込んだ。

その場に座り込むと、脚が震えて立てなくなった。

私はしっかりとした地面があることを、両手で確かめ感謝した。

少し遅れて物売りとイシュが縺《もつ》れ合うようにして洞窟へ入ってきた。

マヴォを追ってきた怪物たちは、ことごとくグインとナナシに退治されていた。

地面に落ちた怪物は、ベタベタとした粘液を吹き出し、形が崩れていく。

この少しの時間に腐ってしまったのだろうか。

喉に絡むような甘ったるい腐臭がした。

「これはどういうことよ！」

ずたずたに切り裂かれた自慢の外套を、物売りは私に見せた。

「どうせその臭いがある限り着られないだろう。何しろ怪物が逃げ出す臭さなんだからな」

「いくら臭くっても――」

マヴォがぽんぽんと手を叩いた。

注目！　ということだろう。思わず物売りもマヴォを見る。

「みなさん、ご無事でしたか」

マヴォは言った。

「僕は大丈夫。みんなも何とかなったみたいですね」

小便臭い布きれで顔の化粧を落としながらナナシが言った。その途端にいつものナナシに戻っていた。

「まだまだ先があります。みなさん気を引き締めてくださいね」

そう言いながらも、マヴォの顔には安堵の笑みが浮かんでいた。

5

洞窟は進むごとに狭く、天井が低くなっていった。

最初に物売りの頭が支《つか》えた。

途中からは腰をかがめて歩かねばならなかった。

さらに進むと我々の頭も支えるようになってきた。

みんなが四つん這いで進む。

こすれる膝にあて布をし、紐で巻いた。それでもでこぼこの岩にあたり膝が痛む。

狭い臭い重い痛いと物売りがまた文句を言い始めた頃、まるで不承不承愚痴に応えようとしたかのように、道は少しずつ広くなり、最後に岩と岩の間の亀裂を抜けると、再び広い場所へと出てきた。考えて見れば砂漠ぐらしの我々にとって、こんなものは広くもなんともないのだが、延々と洞窟を進んでいると、砂漠に戻ったかのような開放感があった。

広いとはいえ、さっきの巨大洞穴とは異なり、天井が見えている。だが天井のことなど二の次だった。

「すげぇ……」

そう呟いたのはイシュだ。

我々の目の間にあるのは、真っ青な大量の水だ。しかもそれはケス河のように流れてはいない。青く、広く、深く、そして静まっている。

見渡す限りの水。水。水だ。

砂漠に生まれ砂漠で育った我々にとって、水が溜まっている場所といえばケス河だ。そのケス河すら知らずに死んでいくセムはいくらでもいる。

こんなに奇妙なものは、私でも見たことがなかった。

「これ、飲めるのかなあ」

そう言ったのはイシュだ。

「飲めるということらしいです。少なくとも旅のオームはそう言っていたそうです」

マヴォが答えている間に、イシュはそれに駆け寄って水を手ですくい、飲んだ。

「うめー！」

思わずそう言っていた。

堪らずグインが手を伸ばす。

「うまい！」

声を上げた。

「美味すぎる。死ぬ。死にそ。いや、もう死んでるかも」

飲みながら夢見るような顔でイシュは言った。

それに釣られ、とうとう物売りが手を出した。

「うわっ、これは美味しいわ。なんというか、その、つまり、美味しいわ」

「死んでもいいか？」

私が訊くと、物売りが大きく頷いた。

「本当に美味しい水ですよ、クサレ」

そう言ったのはマヴォだ。ナナシが横で頷いている。

そこで私も我慢の限界だった。

手を出して、飲む。

冷たい。甘い。確かに美味い。

ひとしきり皆が水を飲み、水筒にそれを詰め、我々は一息ついた。

「さて、私たちはここを越えなければなりません」

マヴォが言った。

「船か何かをつくるのかしら」

物売りが訊ねる。

「それがですね、よくわからないのです」

「どういうことよ」

物売りが唇をとがらせる。

「旅のオームは、ここで身を清め待てと言っているのです。何が起こるのかはわかりません」

身を清めるというのは、砂を浴び、砂で身体をこすることを言う。しかしここにはあのノスフェラスの細かな砂はない。

「物売りよ。オームが身を清めるというのは、どうすることを言うのだ」

「普通なら水浴びをして、汚れを落とすわね」

なるほど、それならここでするのに相応《ふさわ》しい。

早速やってみようと、みんな水辺で顔を洗い口を濯《すす》いだ。

　しばらく待ったが、何も起こらない。

「どうしましょう、クサレ」

　マヴォが答えを求めて私を見た。

　私に出来ることは物語ることぐらいだ。それ以外にさしたる知恵もない。

　だから私はその物語について考えた。

　旅のオームの物語を、我々はなぞっている。だから己が旅のオームであると考えて物語を作るとするなら……。

　旅のオームは物売りがそうであったように小便を掛けられていた。そうでなければ次の崖を渡り切ることは難しい。崖を渡ったということはつまりあの臭い小便を掛けられていたと言うことだ。きっとイワカブリはオームを見るとすぐに敵と判断してあの臭い小便を掛けるのだろう。

　そしてこのたくさんの水を見つけたとき旅のオームは何をしたか。もちろん我々のように飲んだだろう。そしてそれから……。

「物売りよ」

　私は物売りを呼んだ。

「その小便臭い服を脱ぐんだ」

「何よ。この外套の弁償をしてくれるっていうのかしら」

言いながらもボロボロになった外套を脱いだ。

「それをここの水で洗うんだ」

「……私は洗濯女じゃないわよ」

「洗うんだ」

私は辛抱強く繰り返した。

「何をしたいの。ほんとセムの連中が考えることはよくわからないわ」

ぶつぶつと愚痴をこぼしながらも外套を洗い出した。

「頭にも小便が掛かっている」

「そうなのよ。ほんと気持ち悪くて」

「ここで洗ってみたらどうだ」

「まあ、言われなくてもするつもりだったけどね」

頭の上でまとめて編んであった髪を解いて下ろす。そうするとかなりの長髪だ。その髪を水にざぶりとつけ、指でゴシゴシと洗い出す。

「これが要するに清めるってことじゃないのか」

私は言った。

「まあ、そうかもしれないわね」

屈み込み髪を洗う物売りのすぐそばで、ブクブクと泡があがった。

そしてぽっかりと浮かび上がってきたのは大きな肉の塊だ。初めは溺れて死んだ何かの死体かと思った。

だがそれは、細長い手脚で水を掻き、物売りに近づく。

一つだけではない。二つ三つ四つ八つとどんどん数が増えていった。

「これ、さっきのイワカブリだぞ」

言ったのはイシュだ。

間違いない。それは物売りに小便を引っかけたイワカブリの仲間だ。おそらく小便の臭いにつられて集まってきたのだ。

水に頭をつけながら髪を洗っている物売りは、まだそのことに気がついていなかった。

思わず剣を抜こうとするグインとイシュを私は止めた。

物売りが水からざぶりと頭を上げた。

髪を後ろに撫でつけ水を払う。

それでようやくイワカブリに気がついた。

ぎゃあああ、と悲鳴を上げる。

と、水辺に集まっていたイワカブリたちが、一斉にぴゅうっと水のようなものを噴き出した。

立ちつくしていた物売りに、見事に命中する。

くせぇ。

そう言ったのはイシュだ。

どうやらあれは小便というよりは、敵に対する攻撃のようなものらしい。

「わああ、これは、何を、あんたたち――」

怒りと驚きで声が出ない。

そこにまた小便が掛かる。

「こ、こら！」

それほど危険な生き物ではないことがわかっていた。だから臆病な物売りも、近くにいるイワカブリを殴りつけようとした。水辺はぬるぬると滑りやすい。

当然のように物売りは足を滑らせ水の中に転がり落ちた。

慌てて近くにいたイワカブリの足を掴む。

驚いたのはイワカブリの方だ。

ものすごい速さで水飛沫《しぶき》を上げて泳ぎだした。

泳ぐというのは少し違う。

尻の辺りから水を噴き出している。その力で進んでいるようなのだ。

「それだ！」

私は叫んだ。

「みんな、そのイワカブリに摑まれ！」

みんながきょとんとしている。私が見本を示すしかないだろう。

思い切ってざぶりと水に飛び込み、一匹のイワカブリにしがみついた。

「続け！」

私は半ば溺れながら怒鳴った。

ナナシが飛び込んだ。続いてマヴォが。グインとイシュが水に飛び込みイワカブリにしがみつく。

しがみつかれると、その途端、風よりも早くイワカブリは水面を走り出す。

しがみついているだけで必死だ。何しろ我々は砂漠の民だ。水の中でどうすればいいのかさっぱりわからないのだ。

今どこでどうなっているのかわからない。

顔を上げて息を吸おうとすると水を飲む。

咳き込むとさらに水を飲む。

ぐっと息を詰めるがそれも限界だ。

気が遠くなりかけて前を見る。

そこに岸があった。

私はイワカブリから手を離した。

勢いで水辺に頭から突っ込んだ。

水辺の岩をなんとか摑む。

這々《ほうほう》の体で陸地に這い上がり、大きく息をついた。

どうやら命拾いしたようだ。

「みんな、大丈夫か」

はあはあと肩で息をしながら私は言った。

返事がそこかしこから返ってくる。どうやら全員無事に渡りきったようだ。

「あのイワカブリたちは、ここが本来の居場所のようだな。そしてあの岩棚は狩り場というか、食事をする場所。でここが――」

私は鼻をひくつかせた。あの痺れるような目に沁みる小便の臭いがする。イワカブリの巣というなら当然かもしれないが、もしかしてこれが、イワカブリの尿溜まりか。

「臭いをたどれと、言われているのです」

マヴォがそう言った。

「多分この臭いのことだと思います」

「カタリの中のイワカブリは、岩を食うトカゲなのだが、これがどういうわけか、どのイワカブリも同じ場所に小便をする癖があるのだと言われている。それをイワカブリの尿溜まりと呼ぶのだと」

「おそらくそれを探せばいいのではないでしょうか」

「ここまで来て阿呆な生き物の小便の臭いを嗅がなきゃならないの？」

　物売りが顔をしかめる。さんざん小便を掛けられていたが、ここに来るまでの間に洗い流されたのだろう。臭いはほとんどなくなっていた。

「嫌なら来なくていい」私は言った。「マヴォと一緒に入る」

「二人だけで行くのは危ないと思います」

　そう言ったのはマヴォだった。

「どうしてだね」

「そこにはイバリナメという獰猛な生き物がいるからです」

「イワカブリの尿溜まりにかい」

「そうです。そしてそれが我々の最後の目的です」

「最後の目的、ってそれはつまり」

「そうなんです。そのイバリナメという生き物が〈滅びの赤〉なのだそうです」

「どういうことだね」

「私もよくわからないのです。とにかく尿溜まりに行かないことには」

「わかったわ。仕方ないわね。ついていってあげましょう」

　そう言ったのは物売りだ。

「嫌だったんじゃないか」

イシュに背中を叩かれる。

「何馬鹿言ってるのよ。最後まで責任を持って付き合うのがキタイの商人の誇りというものよ」

「じゃあ、一緒に行きましょう。臭いを追って」

マヴォはそう言って、また鼻をひくつかせた。

6

水辺から、さらに奥へと向かうと道が二つに分かれている。マヴォは地図を見て左を選んだ。まっすぐに進むと、今度は道が四つに別れている。

我々はその前に立ち、臭いを嗅ぐ。

最も臭いのきつい穴へと入っていくためだ。

あまり愉快な仕事ではなかった。

はっきりと一つの洞窟だけが激しく臭った。

中に入り、進んでいく。それほど広いとは言えないが、二人並んで進める程度の幅はある。物売りは腰を屈めなければならないと文句を言っていたが、這って進むことに比べれば楽なものだ。

進むに連れてどんどん臭いは酷くなっていった。そしてこの臭いのせいなのだろうか。だんだん蛍草の数が減っていく。つまりどんどん暗くなっていくのだ。

「ちょっと待って下さいね」

マヴォの声だ。

声のした辺りがぼんやりと輝いた。マヴォの顔が白く照らされる。

「蛍草を持ってきたんです」

袋から取り出し、みんなに順に渡していった。

砂漠であればわからぬことはない。どうやって昼間の日差しを避ける。どうやって水を探す。どうやって夜を過ごす。何があってもそれなりに上手くやることが出来るだろう。だが洞窟となると、何をどうしたら良いのかまったくわからない。そして、ここではわからないことばかりだと思い込むと、わかることまでわからなくなる。

いつか暗くなるかもしれないから蛍草を用意しておく。

ちょっと考えればわかるようなことを、思いつかなくなるのだ。

マヴォは賢明だ。だからこそ明日のセムを、その先の先のセムのことを考えている。

これからはこんな若者がどんどん増えていくのかもしれない。

我々一人ひとりは決して愚かではないのに、オームたちに何度も騙されるのは、騙し騙される、ということにまだまだ慣れていないからだ。だが繰り返し騙され、後悔を重ねることで、やがては誰かを騙すことすら出来るようになるのかもしれない。

それが良いことなのか悪いことなのか、私にはわからないのだが。

考え事をしていると足元が覚束《おぼつかな》無くなる。

足を滑らせ、転《こ》けそうになった。

大丈夫ですかとナナシに助けられる。

考え込むのは後にして、私は前に進むことに集中した。

壁も地面も、ぬめぬめと光る。

蛍草の光を避けるように、小さな虫が群れをなして逃げていく。

やがて広い場所へと抜け出た。

悪臭は最高潮だ。

頭がくらくらしてくる。

「あれを」

マヴォが部屋の隅を指差した。

青白い肌をした人のようなものが地面に屈みこんでいる。大小の瘤《こぶ》で覆われた背中が動いていた。人《セム》より一回りは小さかった。

「あれがイバリナメです」

マヴォが声をひそめて言った。

気配に気づいたのだろうか。

それが頭を上げた。

身体をひねってこちらを見る。

赤ん坊のような顔の額には、長い角が突き出している。

それは嬉しくてたまらないような笑顔を浮かべ立ちあがった。

そして二本の脚でひょこひょこと私たちの方へと歩いてきた。

「あれから目を離さないでください。このままゆっくりと、ここを出ましょう」

マヴォが小声で言う。

「あら、でもこいつが〈滅びの赤〉なんでしょ。それなら捕まえないと」

物売りが言った。

「良く見てください。あの向こう」

マヴォが指差す先、部屋の壁際に、数十のイバリナメがうずくまってじっとしていた。

「一斉に来られると困ったことになります。だから我々に気づいたあの一頭だけをおびき出すんです。さあ、ゆっくりと下がっていきますよ」

全員が起きぬけの砂ヤギモドキのようにゆっくりと後退《あとずさ》っていく。それに歩調を合わせるようにして、イバリナメがついて来た。

後ろから順番に部屋を出て行く。

洞窟はぬるぬるとして滑りやすい。

後ろ向きで歩くのも、簡単ではない。

特に腰を屈めた大きなオームにとっては。

物売りはマヴォと並んで、イバリナメの正面にいた。

そして物売りが尻餅をついた。

声を挙げなかったのは上出来だが、それでもイバリナメは気が立ったのだろう。見かけからは想像もできない野太い声で吼えた。

「逃げて！」

マヴォが叫ぶ。

我々の名誉のために言っておこう。

砂漠の民にとって、狭く暗い場所など一生行くことのない場所だ。

砂漠では賢く勇敢であったとしても、あまりにもここは我々の住む世界とは異なりすぎていた。

正直に言って、みんなどこかで怯《おび》えていたはずだ。

演技をする間もなかった。

イバリナメはいきなり駆け寄ってきた。

狭く暗くひどい臭いの中にいたみんなは――もちろん私も――、度を失ってしまったのだ。

しつこいようだが、これは決して我々が臆病者だということではない。狭い洞窟に心が弱っていたのだ。アルフェットゥ尊もこれを咎めることはないだろう。

慌てて外へと駆け出した。

順番どころではない。

狭い洞窟から、固まるようにして転がりでてきた。

最後に出てきたのが物売りだ。

物売りは情けない声をあげながら、走り回っている。その背中にイバリナメがへばりついていた。

洞窟の中ではそこまで見えなかったが、イバリナメの腕は太く、その指には短剣のような鋭い鉤爪がついていた。

その爪が、物売りの肩と脇に食い込んでいる。

そしてその額の角を、物売りの首に突き立てようとしていた。

よく見ればそれは角ではない。

先端には大きな歯が並んでおり、そこから舌をぺろぺろと突き出している。

口嘴《くちばし》というのが正しいだろうか。

最初に自分を取り戻したのはグインだ。

それに摑みかかっていった。

物売りの喉笛に突き刺さろうとしていた口嘴をぐいと摑む。

と、その先から赤黒く細長い舌が飛び出した。

それは指で探るようにグインの腕をなぞると、いきなり鋭いその舌先を突き刺した。

「うわっ！」

思ってもいない攻撃だった。

尖った舌は、かなり深くまで刺さっていたようだ。開いた穴から激しく血が流れる。

イシュが、剣を抜いた。

抜いたその手を、物売りが摑む。

「止めるんだ」

いつになく真剣な声で物売りはそう言った。

「なんとかする。大丈夫よ」

肩に食い込む鋭い爪を、その手で一本ずつ引き剝がそうとした。しかし爪は深く喰い込み、指一本引き剝がすことが出来ない。

舌打ちして、物売りは小さな筒をとりだした。

「ちょっとそれを貸して」

ひったくるようにイシュから剣を取り上げた。

刃を自らの掌に当てると、すっと引いた。

流れる血を、掌に溜める。

筒の栓を歯で抜くと、掌の血溜まりに傾けた。白い粉がさらさらと血の中に沈む。

それを指で混ぜると、イバリナメの口嘴の前に突き出した。

中から出た触手のような舌が、血を舐めとっていく。すぐにすべてを舐め尽くし、満足できなかったのか掌の傷に舌を押し込む。

顔をしかめはしたが、物売りはそれを止めようとしなかった。

長い時間待つ必要はなかった。すぐに首の芯を抜かれたように頭ががっくりと垂れた。しがみついていた脚がだらりと伸びる。

肩に食い込んだ鉤爪だけで、イバリナメは物売りの背中にぶら下がっていた。

「ちょっと取ってくださるかしら」

物売りはそういってしゃがみ込んだ。

イシュはイバリナメを持ち上げ鉤爪を外すと、背中から離し地面にうつぶせた。

「これがそうなのね。〈滅びの赤〉なのね」

掌だけではなく、肩や脇腹からも流れる血を気にもとめず、物売りは言った。

「そのはずです」

そう言ったマヴォは、腰に差した小刀を手にする。料理用の小さなものだ。

うつぶしたイバリナメの横にしゃがみ込むと、その瘤を少しだけ切り裂いた。

中にはどろりとした赤いものが詰まっていた。血よりはずっと濃く、流れ落ちることはない。小刀の先でそれを掬《すく》うと、かなり離れたところまで行って、階段状の壁になすりつけた。

それを手で扇ぐ。どうやら乾かそうとしているようだ。

かなり長い間扇いでから、マヴォは戻ってきた。

「本当はもっときちんと乾かす必要があるはずです。じゃあ、みんな耳を伏せてください」

マヴォは石を手にする。

そして蔦で編んだ細長い網の真ん中に、それを入れた。

「珍しいものを持っているね」

それはグロの、それも一部の村でのみ昔使っていた投石のための武器だ。

「昔、グロの村で教えてもらいました」

真ん中に石を挟んだ細長い網の両端を持って、マヴォはそれをグルグルと振り回した。

そうして勢いをつけてから、片方の端を離す。

すると石は投げるよりも早く勢いをつけて飛び、壁にあたった。

どうも〈滅びの赤〉には当たらなかったようだ。

二回三回と失敗し、四回目。

丁度みんな油断していた時だ。

ずんっ、と腹にこたえる音がした。

炎が見え、岩が砕け散る。

黒煙が退散する悪霊のように天に登っていった。

上の方で壁にしがみついていたのだろう。

イワカブリがごろごろと落ちてきて、慌てて水の中へと飛び込んだ。

雷もかくやという音と光。そして煙。

岩を砕くその怖ろしい力。

これは人《セム》が手にしてはならないものだ。

私はとっさにそう思った。

セムだけではない。野蛮なオームはもちろん、ラゴンも誰もかも、こんなものを使ってはならない。

これは神の御業《みわざ》なのだ。

この力を使うことができるのはアルフェットゥ尊だけだ。

それが私の直感だ。

「間違いありません。これが〈滅びの赤〉です」

マヴォが言った。

「あの瘤の中に詰まっているものを乾燥させると、今のようなことになります。もっときちんと乾燥させると、もっと大きな力をだすはずです」

「なるほどねえ。すべては繫がっているのよ。きっと最初はあの岩ね。あの岩に仕掛けがある。その岩を食う化物の小便には、あの岩の成分が混ざっているんだわ。そしてこの化物はそれを舐め、どうしているのか知らないが身体の中で生成して、せっせと瘤の中に〈滅びの赤〉を貯めこむ。なるほどねえ。なんて素晴らしいんでしょう」

独り言を言いながら、物売りは己の袋からさらに大きな革袋を取り出した。口を開いて、ぐったりしたイバリナメの足を摑み、頭から中へとつっこんだ。

そして満面の笑みでその口をひもで縛った。

「さあ、もう目的は果たしました」

マヴォが言った。

「そろそろここを出ましょう。あそこにいたイバリナメたちが来ると面倒です」

言われるまま、今戻ってきた洞窟の隣の道へと向かった。

尿溜りへと向かった道よりも広く明るい。そしてなにより、あの臭いがない。いよいよこの洞窟を出られると思っているので、我々の足並みも軽かった。

やはりセムに洞窟は向かない。

隣を歩くのは物売りだ。ぶつぶつと呟いているので、この場に及んでまだ愚痴をこぼしているのかと思ったらそうではなかった。

「ここで待っていれば奴らはどんどん集まってくるだろう。それをｦｧｨﾇ。いや、やり方によるが、飼うこと溏ｽﾝﾒｾｻ蘖ｺﾇ誼咯だ。ああ、出来るな間違いない。無理なら旺輯ｻ窗を使えばいい。まずは寠ﾆ餘倆集めて、矮聿褂鉅鳰樺灯楓利劒イワカブリ、惱ｷﾚ粤蒟跚韜イバリナメ粤蒟跚韜滑茅擘靈飭ﾐｮ騰！」

ニヤニヤしながらずっと呟いている。その口調がいつもとはまるで違っていた。途中からはオームの言葉ばかりになって意味がわからなくなった。

いずれにしても何かを企んでいることは間違いない。物売りが信用ならぬ人物であることに間違いはないのだ。

遠くでごおおおおっと砂嵐が過ぎていくような音がした。

「あれは？」

私が訊ねると、マヴォは「あれを使ってここから出るんです」と息を切らしながら言った。

急ぎ足で向かってきた洞窟の、奥の奥は行き止まりになっていた。

それまで続いてきた岩の地面が、その奥だけが見慣れた白い砂になっている。

「ここからどうするんだね」

私が訊くと、マヴォは微笑み頭上を指差した。

そこからは上へと向けて縦穴が続いていた。そしてその先、遥か上には星明かりが見えていた。

「あれは……」

「そうです。もうあそこは地上ですよ。ここは噴砂《アヌウフ》の中なのです」

砂の生まれる場所とも言われている噴砂は、間を置いて砂が勢い良く吹出す場所だ。我々の間でも何箇所か知られている噴砂がある。しかしここがどこの噴砂かまではわからない。

「それで、どうしたらいいんだね」

「この砂の上に立つだけです。後は噴き上げられるのを待つのです」

六人が、砂地の上に立った。輪になり互いに手を握りその時を待つ。

ぐらぐらと地面が揺れた。

怖ろしい地鳴りがする。

砂が波を作り、揺れ動く。

巨人が唸るような音がした。

そして次の瞬間、どんと下から突き上げられ、砂の爆発に巻き込まれた。

気がつけば、支えるものもなく宙を飛んでいた。

悲鳴をあげる暇もない。

魂をどこかに落としてきたかのように、身体も考えもばらばらになって、気がつけば砂の上に横たわっていた。

砂が雨のように降っていた。

真夜中だ。

砂がすべて落ちると、星空が広がっていた。

そして月が大きく輝いていた。

ああ、ようやく地上に戻ってきたのだ。

「みなさん、大丈夫ですか」

マヴォの声だ。

「なんとか生きているみたいだ」

私は身体を起こし、砂を吐いた。

あちこちで返事がある。

どうやらみんな無事なようだった。

「朝になれば狗頭山《ガルラタミヤ》の位置がわかるだろう」

私は言った。

「夜明けを待ち、それから村に戻るとしようか」

ノスフェラスの夜は危険が多い。

我々はとにかくこの場で一夜を過ごすことにした。またもや最後まで物売りがぶつぶつと文句を言っていたが、一人で何が出来るわけでもない。結局はテントを広げ、さっさと寝る準備を始めた。

誰もが疲れきっていた。

少なくとも丸一日、砂の底《マピ》・底の底《マピ》・世界《エシュコ》で冒険を続けたのだ。久しぶりの砂漠は、家に帰ったかのような気分になった。

みんなも同じだったろう。

瞬く間にみんなは寝入っていた。

私にしてもそうだったのだが、残念なことに、やはり私は眠りの精から見放されつつあったようだ。

夜中に目が醒めてしまった。

月の位置を見れば、夜明けまでにまだまだ間があるようだ。

もうひと眠りしよう。

そう思い砂の奥にさらにもぐりこもうとして、私は見たのだ。

物売りがまたもやヨバトを闇に放ったのを。

「何をしている」

私が言うと、物売りは驚いた様子もなく振り返った。

うっすらと笑っていた。

「仲間に連絡をしたのよ」

物売りは言った。

危険だ。

理由があるわけではない。だがはっきりと私は思ったのだ。

危険だ、と。

「我々の仕事はもう終わった」私は言うと起ち上がった。

「ここでもう別れよう」

「何を言っているの。帰るところは同じじゃないの。あのラクの村に一緒に戻るのよ」

「あの村に戻るつもりはあるのか」

「もちろんよ」

「いずれにしても、おまえとはもうここまでだ。今すぐみんなを連れてここを去る」

「みんなぐっすり寝ているわ」

「起こす。そしておまえとここで別れる」

「何を怯えているの」

「慎重なんだよ、私は」

「何の役にも立たない慎重さね」

見たこともない身のこなしだった。

物売りはふわりと一歩で私の横に並んだかと思うと、その腕が私の首に回った。

イドに押し潰されるときは、こんな気分だろうか。

そんなことを思ったところまでは覚えている。

7

怒声で目が醒めた。

目が醒めたことを悔やんだ。

私は手脚を縛られ、砂の上に転がされていた。

日は昇ったところだろうか。

晴天の下、ナナシが殴り倒されるところを、私は見た。
「やめて下さい」
ナナシをかばって抱き上げたマヴォが、蹴り上げられた。
蹴ったのはオームの傭兵だ。
ナナシを殴ったのも傭兵だ。
イシュが剣を抜いていた。
その額から血が流れている。
イシュもまたオームの傭兵に囲まれていた。
振り上げた剣を弾かれる。
途端に集まってきた大きなオームどもに殴られ蹴られた。
倒れたイシュの腹を、傭兵が踏みつける。
マヴォの悲鳴が後から聞こえた。
その姿は見えない。
「さあ、起きるんだ」
首の後ろを摑まれ、私は持ち上げられた。
ぶらぶらと振り子のように吊り下げられる。無様なその姿を強いているのは——。
「物売り」

「そうだよ。誰だと思った。みんな私を疑っていながらこれだ。本当にお前たちは愚かな猿どもだよ」

グインが剣を振るのが見えた。

ひとりの傭兵となら充分に互角に戦っただろう。だが倍ほどもある大きなオームの傭兵たちに囲まれて、いったい何が出来るだろう。

せめて裏切り者の物売りに一撃でも、と思ったのだろうか。

傭兵に斬りかかり周囲の輪を崩すと、それを抜けて、こちらへと向かって走ってくる。

私は砂の上に投げ捨てられた。

物売りは一度として抜いたことのない華奢《きゃしゃ》な短剣の柄《つか》を手にした。

「うおおおお！」

グインは叫び、飛びかかった。

その剣を、柄で受けて横に流した。

振り下ろしたグインの剣が、砂を斬る。

ぐいと柄を捻ると、物売りの短剣の柄が外れた。

中から現れたのは刃だ。

柄と鞘が逆になった仕込みの短剣だったのだ。

鞘の方を持ち、物売りはその刃でグインの肩を突いた。

避けることは出来なかった。
深く刃は肩に食い込む。
物売りは同時に、剣を持った手首を摑んだ。
グインから剣をもぎ取り、捨てた。
そして正面からグインの腹を蹴った。
グインが尻餅をついて倒れた。
それまでじっと見ていた傭兵二人に押さえつけられる。
物売りがニヤニヤと笑いながらオームの言葉を喋った。
傭兵が仮面の顎に手を掛けた。
仮面を剝がすつもりなのだ。
「止めてくれ！」
グインが叫んだ。
「お願いだ。止めてくれ！」
哀願する悲痛な声を、私は聞きたくなかった。
その仮面はグインのすべてだ。
グインがグインとして生きる、その意味のすべてがその仮面にあった。
「止めろ！」

私も叫び、暴れた。

短剣の柄で、物売りは私の額を突いた。

堪らず倒れる私の頭を、物売りは踏みつける。

温かいものが顔を流れるのがわかった。

「止めてくれ！」

グインの血を吐くような絶叫が聞こえる。

「グイン！　グイン！」

叫ぶのはイシュだ。

後ろ手に縛られ、なおも暴れるイシュの姿が見えた。その顔が血塗《ちまみ》れだ。

砂に押さえつけられ、ナナシが泣いていた。

そして、グインの豹頭の仮面は、オームの兵士たちの手によって、戯《たわむ》れに剝ぎ取られたのだった。

この世を呪うグインの叫びが、ノスフェラスの砂漠に響いた。

私は忘れないだろう。

この屈辱を。

仲間の、死よりもつらい恥辱を。

永劫変わらぬはずの砂の流れも、この悲しみで止まるだろう。

アルフェットゥ尊よ。
何故我々にこのような苦しみを与えたのですか。
その時私は生まれて初めて、そう神に問うたのだった。

第四話　グイン、故郷へ帰る

1

――見あげたまえ、見あげたまえ。そのあおき空にはかがやける陽の光をさえぎるものなどなく、ありがたくもかしこくも、アルフェットゥ尊のめぐみはたみくさにふんだんにそそがれる。

――われらの手にはなわがかけられ、動くのもままならぬまま歩いているのだが、それでも見ろ。砂たちはわれわれをことほぎ、いかなるすなあらしもいずれは通りすぎるのだとほほえみかけている。

――あきらめるなひるむなあとずさるな。あしたを見ろ。あしたのあしたを見ろ。ふりかえるひまがあるのなら、あゆめやすすめや前へ前へともがきつづけろ。なぜならアルフェットゥ尊はいつもセムとともにあり、あきらめぬものに手をさしのべるからだ。

——さあ考えろ。ない知恵しぼれ。わがかむにぐるぐるリアードさま、リアードさまならどうされるかどう動くかどう進むかどう考えるかどう生きるか。良き人は良きおこないをかさね、ここちよき朝をむかえるだろう。かくてこの世はしかるべき。もって砂のごとし。

アルフェットゥ語りを語り終える寸前、怒鳴り声と同時に思い切り腹を突かれた。

息が詰まり、鋭い痛みが腹から背へと抜けた。

たまらず呻《うめ》き声を漏らす。

腹を押さえた。

私は両手首を縄で結ばれていた。そしてその縄は前後の仲間たちに繋がれている。前にイシュ、後ろにナナシ。その後ろがマヴォ、一番後ろがグインだ。皆が私の縄に引っ張られて列が乱れる。

「何をする、糞野郎！」

イシュが私を突いた傭兵に怒鳴った。

何を言われたのかわからないだろうに、即座に傭兵は長く頑丈な棒でイシュの背を打った。

容赦はない。

肉を打ち据える大きな音がした。

イシュは声ひとつあげず、傭兵を睨《にら》んだ。

晴天の空の下を我々は歩いている。

一列に並んだ我々の両脇を砂漠狼《ガルル》たちが歩いている。ちょっとでも列を離れると、牙を剝いて唸り声を上げる。もっと離れればその鋭い牙で喉を嚙み切るだろう。

先頭のソリを引いているのも狼たちだ。奴らは皆、人食い《オーム》の忠実な僕《しもべ》だ。

ソリは物売りが乗ってきたものと比べても桁外れに大きい。そこに大荷物と傭兵たちが乗っている。あぶれた傭兵たちはしばらく狼とともに歩き、交代でソリに乗る。手綱を取っているのは物売りだ。

我々はノスフェラスで生まれ育ったセムだ。砂漠を歩き続けることなど苦でもない。ほぼ一日歩き続けているが、奴らの方がずっと疲れているようだった。傭兵しか見張りがいないのなら、我々はとっくに逃げ出していただろう。だがこの数の狼が相手では逃げおおせるとも思えない。

いずれにしても無理をして今逃げ出すこともないだろう。いずれそのときが訪れるはずだ。その機を逃さなければいいのだ。我々はアルフェットゥ尊とともにあるのだから。

しかしたった一つ、心に引っかかっていることがある。

グインだ。

グインはオームたちの手によって豹頭の仮面を剝がされてしまった。彼にとってそれはただの仮面ではない。それは彼の誇りであり、彼そのものなのだ。今彼はグインであってグインでない。彼に宿っていたリアード様の力は失われてしまった。そして彼本来の力もそれとともに失せた。今の彼は砂虫《リヨラト》に血も肉も吸い取られて皮だけになった抜け殻だ。

だから私はアルフェットゥ語りを始めたのだが……。

いつどのような場合であれ、人《セム》はおはなし《カタリ》があれば生きていける。カタリは人の糧なのだ。

私は後ろを見た。

一番後にいるグインは、その姿がちらちらと見えるだけだった。それでもその歩みに力がなく、まるで夜に彷徨《さまよ》う悪霊のようであることがわかる。

我々は鬼の金床近くまでムコウへと進み、そこからミギへミギへとまっすぐキタイへ向かっていた。このまま数日掛けてキタイへと入るのだろうと思っていたが、そうではなかった。

野営を幾度か繰り返して迎えたある日の夕方。

カラキタイ山脈の裾野近くで、我々は岩造りの壁に突き当たった。見たこともないような高い壁だ。壁は延々とどこまでも続いている。

いつの間にこんなものが出来ていたのだろうか。ノスフェラス中を旅している私でも、こんなものがあることを知らなかった。噂ですら聞いてもいなかった。キタイから人と物を運んで作り上げたのだろうか。よほど素早く作ったのだろう。そうでなければこれだけのものを作り上げるまで秘密にしておくことは難しいだろう。おそらくキタイの物売りが全力を挙げたに違いない。

門が見えてきた。

大きな木造りの門だ。

そこに物々しいよろいを着けたオームの門番が立っていた。

物売りが何事か大声で叫んだ。

門番が左右に別れ、大門がゆっくりと開く。

ソリは中へと入っていった。

我々がそれに続く。

まず最初に目に入ったのは、柵で囲われた草原《くさはら》だ。いや、ノスフェラスの外の世界に住む者がみればわずかばかりの緑に覆われたこれを草原とは呼ばないだろう。だが我々ノスフェラスの住民にとって、砂を覆う一面の草など滅多に見られるものではない。

そこに狼たちの群れがいた。彼らの力をもってすれば、こんな柵などひとっ跳びだろう。しかしどの狼もおとなしく木陰に寝そべっている。これだけの数をどこで集めたのだろうか。それともここで増やしているのだろうか。これほどの大きな群れは見たことがない。

そこを過ぎると、今度は木や蔦で作られた大きな檻《おり》がいくつも置かれてあった。その中にいるのも狼たちだった。さっきの柵の中とは違い、檻の中に何頭も詰め込まれている。しかもどの狼も目をギラつかせ牙を剝き出しにしてうなり声を挙げている。そして我々が近づくと、檻に摑みかかりガチガチと牙を鳴らした。

すぐに興奮した狼が吠え始める。

一頭が吠えると皆が一斉に吠え始めた。

檻はみしみしと音を立て、今にも壊れそうだ。

すると黒毛のグロたちがやってきた。普段セムが着ることなどない革の鎧を着ている。彼らはその手に持った棒で、順番に狼たちを突いて回った。

突かれた狼は足がふらつき、すぐにその場に横たわってぐったりとする。

棒の先に毒針がついているのだろうか。

「グロよ。われらのハラカラよ。こんなところで何をしているのだ」

グロの男たちはそれには答えず、檻の向こうにある布のテントへと向かっていった。

そこで火を焚いて、狼の檻を見張っているようだった。

並ぶ檻の向こうに、黒々とした大きな山があった。陽が落ちようとしている今、それはうずくまった黒い巨人のように見えた。

近づくにつれてその正体がわかってきた。

木だ。見上げるほどに大きな木が、幾つも幾つも重なり合って生えている。

「森……」

後ろでナナシが呟《つぶや》いた。

信じられなかった。ノスフェラスにはあり得ないものだ。それはカタリの中だけのものだと思っていた。

「あれは森じゃないわ」

いつの間にか横に並んで歩いていた物売りがそう言った。言葉遣いが元に戻っている。

「あんたたちの言葉に〈森〉がないから、木が集まっていると森だと思ったのよね」

ほむほむほむとわざとらしく笑って物売りは言う。

「でもあれは森じゃない。森はもっともっと深く大きいもの。あれは林よ。いや、林ですらない小さな小さな木の集まり。あんたたちはどちらにしても見たことがないでしょうけどね」

〈森〉を横目で見ながら進むと、〈雨の小屋〉のような石造りの小屋があった。

「さあ、到着したわよ」

物売りがそう言うと、私たちの回りにいた狼たちが走り去っていった。その先にあるのは、柵で囲まれたあの場所だろう。

「みんなはここで止まってくださいね」

ソリと一緒に傭兵たちが去っていく。我々だけが小屋の前に残された。

小屋の回りにはグロの男たちがいた。

彼らは松明《たいまつ》を手に、小屋の前に立っている。そろそろ陽が落ちようとしていた。

小屋には木製の扉があり、それには小さな窓がつけられている。

「さあみなさん、ここに入って」

扉が開かれた。

グロの男たちは、物売りの目配せひとつで動いた。彼らは押し黙ったまま、私たちを小屋の中へと押し込む。私たちは縄を掛けられたまま小屋へと入れられた。

閂《かんぬき》の掛かる音がした。

「私たちをどうするつもりだ」

私は扉の窓越しに物売りへと言った。

「今すぐ殺されていてもおかしくないわよね。それでもここまで連れてきてあげたのは、長旅をともに過ごしたおまえたちへの慈悲よ。ついでだからこちらでお仲間と一緒に働いてもらおうかなと思って」

「人食い《オーム》を頭に頂いて働こうなんて思わない」

イシュが言う。皆も同じ気持だろう。

「けだものの分際でほんとに尊大な奴らだこと」

「私なら働くことにやぶさかではない」

皆が私を見た。

「だがそれにはひとつだけ頼みがある」

私が言うと、物売りは眉間に皺《しわ》を寄せた。私は物売りを睨みつけながら言った。

「グインに豹頭の仮面を返してやってくれないか」

部屋の隅で膝をかかえているグインをちらりと見る。

「どこまでバカなのかしら」

物売りが鼻で笑う。

「あんたたちは罠に掛かった砂トカゲと同じなのよ。今ここで火に炙《あぶ》られて食われても仕方ないの。そんなものの頼みをどうしてあたしがきくと思ってるの。愚かしいにもほどがあるわ」

「なんと言われようとも構わないが、あれはグインの魂だ。仮面がなければグインは死んだも同然。彼を働かせようというのならグインに仮面を渡した方がお前たちにとっても益になるのだ」

「それでキタイの商人を相手に取り引きをしたつもりなの。あんたたちのバカぶりには呆れるわ。だいたいあんたたちはあたしを頭っから疑っていたんじゃないの？　それがこの様《ざま》って、どういうことかしらね。まあ、あたしたちにしたところで、それだけセムがバカだとわかっていての作戦ではあったんだけどね。あんたたちラクの村でのことだって最初から疑っていたんでしょ」

「グロに売った〈滅びの赤〉は偽物だった。そうなんだろう」

「当たり前よ。そんなものをキタイの商人といってもそう簡単に手に入れることは出来ないわよ。もし手に入れていたにしても、グロの村で買い取ることが出来るような価格で売りに出すはずがないわよね。どう考えたって〈滅びの赤〉を手に入れるための罠。それをわかっていて、どうして協力しようなんて言い出したのかがわからないわ。なんでそんなことを言いだしたの？　バカだから？」

「そうかもしれんな。あの時〈滅びの赤〉の偽物はパクリに食われた後だった。偽物だという証拠は何もない。あのパクリにしてもおまえたちが用意したのだろう」

「ノスフェラスの生き物は、おまえたちセムも含めていろいろと利用価値があるからね。しかしそこまでわかっていて、バカ以外の何者でもないわね」

「〈滅びの赤〉がカタリで語られるようなものであるなら、それは決して人の手に渡してはならないものだ。おまえたちは、あのラクの村で〈滅びの赤〉のことを知ることが出来ないなら、また似たような罠を仕掛けて、別のセムを騙《だま》すだろう。セムは嘘を知らない。あの場に私たちアルフェットゥ語りがいたのは、それこそアルフェットゥ尊の采配だ。私たちであればこそ、キタイの物売りの言葉と戦うことが出来る。私はおまえが信用できぬ人物であるからこそ、ここまでついてきたのだ」

「何を強がり言っているのよ。あなたたちはここに連れてこられたのよ。別に耳だけ千切って持ってきても良かったのに。何しろもう〈滅びの赤〉を手に入れたんだから。あれは世界を変える道具だわ。魔道などよりもずっと役に立つはず」

「あれはまさにこの世を滅ぼす赤なのだよ。神以外誰もあれを手にしてはならないのだ」

「ああ、そう。セムは神とやらの命令を守ってそうすればいい。だが我々キタイの商人はそうとは思わないのよ。世界はあれを必要としているわ」

「馬鹿馬鹿しい。〈滅びの赤〉にできるのはこの世を壊すことだ。あれは何も作ることはないだろう」

「作ろうが壊そうが、それが商売になるのなら手に入れるのがキタイの商人なのよ」

「あんなものは滅びへの道を約束する以外何の役にも立たないだろう」

「戦争の役にはたつでしょう」

「戦争」

「戦《いくさ》よ。あんたたちの知っている戦なら、このノスフェラスを舞台にした戦があったじゃないの。だいたいお前たちが語りと称しているものはどれもこれも戦いの歴史じゃない」

「私たちは私たちの暮らしを守る。戦を仕掛けてきたのはモンゴール軍だ」

「誰もが正義を語るわ。それが戦争というものなのよ」

物売りは息を漏らすように小さく笑った。

「それに戦争は金になるわ。いつもいつの時代もどこかで誰かが戦っている。パロとモンゴールが、ケイロニアとユラニアが、右を見ても左を見ても戦！　戦！　戦！　その度に傭兵が必要になり武器が大量に使われる。どちらの軍勢も良い武器、力のある武器、訓練された強い兵士、的確な指示が出来る指揮官たちを必要とするのよ。塩だの特産品だのを売っているのももちろん商いよ。でもね、何よりも金を稼げるのは武器と兵隊なの。我々は傭兵と武器を一緒にして、戦争をしたい奴らやしている奴らに売るのよ。それがキタイの商人の新しい商い。そのための拠点を、このノスフェラスに作ったわ」

物売りは指で地面を指した。

「ここがそう。戦争に終わりはないのよ。ここはもっともっと大きくなるでしょう。キタイの商人が世界を相手に商売をするための拠点がここなの」

「そんなことをさせはしない」

「あんたにさせる気がなくとも、もうここにこうして出来ているじゃないの。それとも、それにはおまえたちの許可が必要だとでも」

「私たちの許可ではない。アルフェットゥ尊の許しがいるだけだ」

「あんたたちの神に何が出来るというの。我々の武力の前には糞ほどの役にも立たないわね。あの村のグロたちは正しいのよ。彼らはオームを相手にするとき武力が必要だと思ったのよね。それが正しいことは、本当はあんたたちもわかっているんじゃないのかしら。誰も武器を持たなければ、あっという間にノスフェラスはオームの土地となるでしょうね。そうしないために、グロは剣を持った。鎧を着た。それが間違いだと言えるのかしら。あんたたちがのんびりと構えている間にも、ノスフェラスはドンドンと変わっていくのよ」

　私が何も言わないのを、認めたのだと思ったのだろうか。物売りはさらに勢い込んで言った。

「グインは、リアード様は言ったんじゃなかったかしら。立ち上がれと。立ち上がって槍と斧を手にしろと」

　それはラゴンに向かって言ったと言われている台詞《せりふ》だった。

　そう、セムもオームも、皆が皆とは言わないが戦いを好む。それは私も認める。

そして今ノスフェラスが変わろうとしていることも認めよう。だがそれでも、ここがノスフェラスである限り、この地にはアルフェットゥ尊がおわす。アルフェットゥ尊は決して変わらない。そしてその恵みも罰も、この世のあらゆることの仕組みも決して変わらない。

「セムはセムの誇りのためだけに戦うとでも言いたいのかしら。それはそうかも知れないけど、誰もがそれぞれの誇りのために戦うのよ。そして誇りを最後まで守れるのはより強い方なの」

「アルフェットゥ尊の僕《しもべ》たる誇りがあるからこそ戦うのだよ。勝ち負けとはまた別の話だ」

「何とでも言うがいいわ。でもあんたたちが力で劣ったから、今こうしてこうなっているのよ。それで充分。さあ、もうあんたたちの旅はおしまい。それじゃあ、明日から精一杯働いて頂戴ね」

そして私たちは長い旅の中で最もつらい一夜を過ごしたのだった。

2

夜明け前にグインとイシュ、そしてナナシは小屋を出て行った。一緒に出ようとした私は、グロたちに押し返された。小屋を出た三人もバラバラの方向に連れて行かれたようだ。

それからしばらくして、剣を持ったグロの男に追い立てられて、私も小屋から連れ出された。残されたマヴォが気になったが、私にはどうしようもなかった。

行き先は傭兵たちが住んでいる大きな石造りの建物だった。

今まで見たこともないような広く大きな家だった。あの〈雨の小屋〉を途方もなく大きくしたようなものだ。

石で家を造るということは、こういうものを作り出すということなのだろう。私には風や砂と正面から戦おうとしている愚かな巨人のように見える。

たくさんのグロの男たちがここで働いていた。私はボロ布を一枚持たされ、ひたすら石壁を磨くように言われた。同じように壁を磨いているグロに話し掛ける。だが誰も答えようとはしなかった。ただ嫌そうに顔を背《そむ》けるだけだ。

不思議だった。誇り高いグロたちがどうして文句もいわずに働いているのだろうか。

物売りの言うように〈金〉の力で縛られているのだろうか。しかしそんなことでセムの心を縛ることが出来るのだろうか。中でも誇り高いグロたちの心までも。〈金〉とはそこまでの力を持つのだろうか。

彼らは死ぬことを怖れていない。苦痛も怖れていない。何よりも彼らが怖れているのは誇りを失うことなのだから。いや、グロでなくとも、どのセムも、すべての人《セム》は等しくその誇りをこそ宝物とするのではなかったのか。

磨き砂をつけたボロ布で、壁を磨いていく。持分として区切られた壁と床を、一日一枚二人一組になって、梯子と磨き砂の入ったバケツを持って磨いていく。

話し掛けても相方のグロは答えない。仕方なく私は一日黙ってずっと壁を磨き続けていた。語りを天職とするものに沈黙は苦行だ。時折ひとり呟いているのに気がつく。それも声が大きくなると見張りのグロや兵隊に殴られることになる。他のみんなのことが気になったが、これまた案じたところでどうなるものでもない。

陽が暮れるとようやく我々は解放された。最初に入れられた小屋とは別の小屋に入れられる。壁を磨かされていたあの家ほど大きくはないが、それでもセムの家に比べれば砂粒と岩ほどの差がある。

そこにあるのはたくさんのツタで編まれた寝床だった。寝床で寝て、その横で食事し、働き、帰って来たらまた寝る。

たくさんのたくさんのグロたちと一緒に私は働き休み、そして働いた。

私の仕事はすぐに代えられた。新しい仕事は砂に大きな穴を掘る事。私だけではなく一緒に壁磨きをしていたグロの男たちも皆穴掘りへと回された。

砂に穴を掘る、とは無駄なことのたとえだ。ノスフェラスの砂はどこまで掘っても乾いて細かくさらさらと滑り落ちる。掘れば掘る分だけの砂がこぼれ落ちてくるのだ。

我々は大きな器に入った黒い水を渡された。穴を掘り、ほった砂の壁にその黒い水を混ぜた泥を塗る。すると砂はすべり落ちてこない。黒い泥はすぐに乾く。乾けば堅く固まり水をも弾く。

穴を掘り、泥を塗り、そうやって掘り固めながら、広く深く穴を掘っていった。

そんな生活がどれほど続いただろうか。幾度か、仲間たちの姿を見た。グイン、イシュ、ナナシの三人は、兵士たちと共に外に出ているようだった。外から持ち帰ってくるのは巨大な水甕《みずがめ》と岩だ。水甕は穴の横に並べられ、岩は少し離れたところに積み上げられた。

マヴォの姿も見た。

彼女は籠《かご》に入れたイワカブリを担いでいた。イワカブリはぐったりとしていたが、死んでいるのではなさそうだった。

水甕からは水の匂いがぷんぷんした。どこから持ってきたのかはわからないが、中がたっぷりと水で満たされているのに間違いはない。

あの岩は、もしかしたら砂の底の底《マピ・マピ・エシュコ》の世界にあった岩なのではないだろうか。キタイの物売りはここに、あのイワカブリのいた大きな水の溜まり場をつくろうとしているのではないだろうか。

それはつまり、奴らがこの場所で〈滅びの赤〉をつくろうとしているということだ。何としてもそれは止めねばならなかった。

とはいえ焦ったところで仕方がない。私にすべきことがあるのなら、やがていつかはそれを為すべき時がくるのだ。それまではただ待つことが我らの務めだ。なぜなら我らは皆運命をも司《つかさど》るアルフェットゥ尊の子だからだ。だからノスフェラスに住む限り、運命はいつも我らの味方なのだ。

私は毎日ひたすら穴を掘り続けていた。その運命の日を待ちながら。

ある晩のことだ。

仕事を終えてくたくたになり、寝床に潜り込んだ。疲れているのに、どういうわけか目が冴えてしまっていた。仕事は相変わらず厳しく辛いが、毎日続けていくと身体の御し方がわかるのか、多少楽になってくる。

「あまり疲れなくなったな」

私はそう呟いた。ほとんど独り言だった。

するとすぐ隣で寝ていたグロが言った。

「慣れたんだ」

ここに来て初めてグロが喋るのを聞いて、私は驚いた。もしかしたらオームの手によって舌でも抜かれているのではないかと疑っていたのだ。

「喋れるのか」

私が訊ねると、グロはこちらを向いて「当たり前だ」と答えた。

「しかし今まで一言も喋らなかったじゃないか」

「禁じられているからな」

そこで私は思っていた疑問を口にした。

「何故お前たち誇り高いグロが、オームの与える仕事を逆らうことなく続けているのだね」

「さあな」

「わからないのか、言いたくないのか」

「お前は良く喋るな」

「私はアルフェットゥ語りだからね」

私が言うと、グロはなるほどと微笑んだ。アルフェットゥ語りはセムの数少ない楽しみの一つだ。どの村に行っても我らは歓迎される。我々は祭りの一部だ。外から来るものである限り、喜びと共に迎えられるのだ。村に居座ろうとすれば石をもって追い出されるのだが。

「奴らに脅されているのか」

　私は訊ねた。グロの男はさめた目で私を見つめた。

「確かに奴らは脅すし殴るし蹴る。だがお前も知っているだろう。痛みなど何のこともない。たとえその果てに死が待っていようと怖じけることはない。それが我らグロだ」

「それならどうして」

　男は俯《うつむ》いた。考えているのか、それとももう喋る気を失ったのか。

　私はまた訊ねる。

「金か。金というものがお前たちを変えたのか」

「ああ、そうだな。そこから始まったのは間違いない」

「お前たちは金で誇りを失ったのか。砂蜥蜴《すなとかげ》の肉を金と交換するように、誇りを金と交換したのか」

「……そうではない。だが、わからない。わからないがそうではない」

　グロは、いや、セムはもともとわからないものをコトバで説明したりはしない。わからないことはただわからない。それだけのことだ。そんなことを、無理やりわからせようとしたり、わかろうとしたりするのは私がアルフェットゥ語りだから。

「グロの男よ。我らはもっと簡単なことで生きてきたのではないのかね。美味い楽しい愉快だと喜び、痛い苦しい辛いと悲しむ」

「アルフェットゥ語りよ。生まれついての嘘つきよ。おまえの舌なら、我らの気持ちをコトバにして伝えることもできるかもしれない。我らは誇り高きグロだ。そのことに一片の変わりもない。そしてその誇りを守るために、今ここでこうしているのだ。何故？　そんなことに答える舌を持っていない。簡単なことだ。そうだと思うからそうするまで。それよりもアルフェットゥ語りよ。楽しい話を教えてくれないか。子供の時に一度聞いたきりの、あのリアード様のカタリを」

「ああ、いいとも。しかしあまりにも楽しく嬉しく面白く、眠れなくなっても知らんぞ」

「覚悟の上だ」

そういうグロの目はまるで甘い食い物をもらう子供のようだ。

私は語る。語り始める。

――くるよくるよ、わがかむにぐるぐるりあーどさまりあーどさま。ここにひとすべてわっぱまですべてはらこまですべてはいつくばれ。

3

大きく広く深い穴が掘られた。

掘ったのは我々《セム》だ。私はグロの男たちとともに、大きなさじのようなもので、ひたすら穴を掘った。その結果がこの黒く深い穴だ。

今は太い綱を手にしている。ぴんと張ったその綱を少しずつ前へ前へと送っていく。綱や木を使って、大きな水甕をゆっくりとその穴へと向けて傾けているのだ。私の前も後ろも黒毛のグロが並んでいる。全員が力を絞って綱をささえている。手の皮は何度も剝けて、硬くなっていた。それでも掌がひりひりと痛む。歯を食いしばって綱の重みに耐える。

水甕はたっぷりと水で満たされている。甕を傾けるにつけ、ノスフェラスでは命と同じ重さを持つ貴重な水が溢れ、その穴へと注がれる。次から次に、水甕から幾杯もの水が注がれていく。それがここ何日かの我らの仕事だ。

そして広く深い穴は少しずつ水で満たされていった。人の手によって大きな大きな水の溜まり場が出来上がろうとしているのだった。

その周辺には岩が置かれた。もちろんこれも我らの仕事だ。おそらくこれらはイワカブリが食べていたあの岩なのだろう。

さらにその近くに石造りの細長い小屋を作った。入口は小さく奥は深い。まるで洞窟のような小屋だ。

この奥にイワカブリの尿溜まりを作ろうというのだろう。肝心のイワカブリも水溜まりの中へと放たれた。ただし、まだたったの二匹だ。二匹ともおとなしく水の底で潜んでいる。檻に入れられているわけでもないのに逃げ出す気配もない。オームが近づいても驚きもしない。あの、柵の向こうのオオカミと同じだ。

間違いなく、それはキタイの魔道だろう。

これは噂だが、かつてキタイでは《魔の胞子》と呼ばれる魔道の技があり、彼らは同じオームをその邪悪な力によって自在に操ったのだそうだ。

それと同じ技かどうか、それはわからない。しかし彼らが獣たちを操る力を持っていることは間違いないだろう。

砂漠オオカミも、そしてあの自在に姿を変えるムワンブも、その力によっておとなしく物売りたちのコトバに従うようになったのだろう。

だがムワンブが傭兵を襲ったように、その力も万能というわけではない。

この世に生きるものは、その生まれ育った土地に縛られる。その地を血とするからだ。人《セム》がノスフェラスを我が家として生きるように、それぞれの生き物たちは生まれ育った場所でそれぞれに暮らすように出来ているのだ。こうやって連れてきた生き物は、どれほど同じような場所を作りだそうと、そこで生き続けるものではないだろう。しかもイワカブリはあれだけ特別な場所で生きていた生き物なのだ。いかにキタイの魔道を持ってしても長生きさせることは叶わないだろう。

だがその短い間に滅びの赤がつくり出されるとしたら。それはその生き物が長生きするかどうかとは別の問題だ。

今イワカブリはこの水溜まりでおとなしくしているのだし、あの砂漠オオカミたちはずっとおとなしく柵の向こうで生きている。キタイの魔道を侮《あなど》るわけにはいかないだろう。

初め私はグロたちもその力の犠牲になったのかもしれぬと思っていたが、しかしそうではないようだ。

私はあの夜から毎晩のようにアルフェットゥ語りを続けた。

最初は隣のグロの男が真剣に聞いてくれていた。小さな声で囁《ささや》くようにするアルフェットゥ語りに、すすり泣き、笑いを堪《こら》えていた。だがどうやらみんな聞き耳を立てていたようだ。

私が夜になって話を始めると、グロの男たちが集まってくるようになったのだ。私がそうであるように、朝起きてから働きずくめで疲れ切っているだろうに、皆は熱心に私の語りを聞いた。そして毎夜毎夜少しずつ、私の寝床のそばに集まってくるグロの男たちの数は増えていった。

誰もが息を潜め私の回りに集まり、武勇に歓声をあげ、悲劇の英雄に涙する。あまりうるさいと夜番のグロがやってくる。ところが入ってきたグロたちはその仕事を忘れ、すぐにこのアルフェットゥ語りに参加し、子供のように語りに聞き入ってしまうのだ。しかしキタイの傭兵たちがやってくると面倒なことになるので、順番に見張りをたてるようにした。

誰かが来ればみんな慌てて寝床に潜り込む。

私は懸命に語った。

セムの武勇を。オームの横暴へと怯《ひる》むことなく戦ったセムの勇者たちのカタリを。

ノスフェラスに生きるものの苦しみと喜びと、そして誇りを。

カタリはセムの糧だ。

セムがカタリを作り、カタリがセムを作る。

アルフェットゥ語りとはセムそのものなのだ。ここにいるグロたちは何かにねじ伏せられてここでいやいや働いているわけではないのだ。オームのカタリを吹き込まれ、心の中を削られ、新しいカタリで隙間を埋められたのだ。金で縛られたのではない。オームのカタリがグロを縛ったのだ。

私に出来るたったひとつのこと。カタリが、セムをセムに還す。

ノスフェラスに生まれたものの身体にはノスフェラスの血が流れる。その血がアルフエットゥ語りを呼ぶ。何故ならセムの血はアルフェットゥ尊のコトバで作られているからだ。いくらオームたちがオームのコトバを流し込もうと、血を消し去ることは出来ない。

アルフェットゥ語りを耳から流し込まれたグロたちは、ちょっとずつではあるがその態度を変えていった。オームたちにはその変わりようがまったくわからなかっただろうが、しかしここでカタリを続けている私には明らかな違いだった。


何が大事で何が大事ではないのか。

人《セム》が本当に必要とするものは何なのか。

その答えは決してコトバにすることが出来ない。しかしセムの心はその解答をあらかじめ知っているのだ。

だから間違いには気がつく。してはならないことを血が知っているからだ。

セムはセムの道を歩む。

たとえ道に迷ったとしても。

4

私は昼間必死になって働き、陽が暮れれば皆に語った。みんなも疲れ切っているだろうに、毎晩私のカタリに耳を傾けた。日は昇り日が沈み、時は過ぎていった。逆らう様子もなく働く私を見て、物売りも安心したのだろうか。それとも、〈滅びの赤〉をつくり出す手筈がほとんど整ったからなのだろうか。

私は時折外に出て働くことになった。キタイからの荷物を運搬するような簡単な仕事だった。途中で仲間たちの姿を見ることもあった。遠くで歩く姿を見かけただけだが、それでも私は嬉しかった。とはいえ仕事中に話をする機会はなかなか訪れなかった。

その日私はとうとう、砂の底の底の世界《マピ・マピ・エシュコ》へと通じるあの砂の目《コ・ソ》へと連れてこられた。荷物と共に大きなソリに乗せられ、そこで二度の夜明けを迎えてようやく着いた。

オームである物売りが一度来ただけでこの場所を覚えられるわけがない。かといって私の仲間がこの場所を教えたとも思えない。

この場所へと案内したのは砂漠オオカミ《ガルル》たちだろう。物売りはここで狼たちをソリから解き、放った。好きなところへ行けというようなことを言っていたが、あの狼たちは間違いなく物売りの仲間のところへ戻ったのだろう。そしてその案内でここを見つけた。

砂の目の周囲にはいくつもの石造りの小屋が建てられていた。ちょっとした小さな村が出来ていたのだ。近くには傭兵の見張りがたくさん立っている。その誰もが剣を持ち、険しい目で周囲を睨みつけている。

砂の目の様子もまったく変わっていた。砂の目の流れ落ちる砂の中へと突き立っているのは太い筒だ。セムの家ならすっぽりと入りそうなこのとんでもなく大きな筒は、我々の囚われているあの場所で少しずつ作られていた。それをいくつもいくつもここへと運びこんで、つなぎ合わせたのだろう。

まるで大地にくさびを打ち込んだように見えた。

筒の上には輪が吊されている。その輪を通して綱が垂らされていた。綱の両端には大きく頑丈な籠がつけられている。これは滑車と呼ばれる仕組みだ。連れてこられたグロたちは順にその籠に入り、するすると筒の中を降りていく。しばらくすると綱の反対側につけられた籠が現れる。その籠には岩が載せられている。どうやらあのイワカブリの餌となる岩のようだ。

両手の指の数ほどのセムを乗せて籠を下ろし、それと引き替えに同じ重さの岩を持ち上げる仕組みになっているのだ。

私の順番が来た。

籠に乗りこむ。

みんなが乗りこむまで、綱を手で支えておかねばならない。幾人かのセムが乗った。すぐに私はナナシの姿を見つけた。ナナシも私を見つけた。そっと私に近づく。綱に近い者たちが、綱を摑み送っていく。籠に岩を載せる係が熟練しているのか、綱を送るのにほとんど力はいらない。

ずるずると籠は降りていった。過ごしやすいとは言わないが、あの玉の中に入れられ砂の中に呑まれるよりは確かにずいぶんとましだ。

「クサレ」

ナナシは泣きそうな声でそう言った。

「お元気ですか」

「ああ、何も問題はない。ナナシはどうだ」

「元気です。みんなも元気ですよ」

「よく会うのか」

「ええ、クサレだけを除けば馬鹿ばかりだと思ったんでしょうね。ほったらかしです。みんな同じ家で寝泊まりしていますよ」

「グインはどうなった」

ナナシは顔を伏せて黙り込んだ。

「そうか、やはりグインにはあの仮面が必要なのだな」

「言うことを聞かないので檻に入れられているのです。ろくに食事もしていないようですし」

「グインの仮面がどこにあるのかわかるか」

ナナシは頷いた。

「僕たちの寝泊まりしている家の近くにグロたちから集めたあれこれを置いてある小屋があるのです。そこに仮面が置かれているのを見ました。グロが何名か見張りについていますが、僕に任せてもらえればそんな見張りなどすぐに騙して見せますよ」

ナナシは声を潜めてそう言った。

人を騙すことはカタリの力をもつアルフェットゥ語りでなければできないことなのだ。

「ですから手に入れるのはそれほど難しくない。でもそれを手に入れても、それからどうするかです」

仮面はグインがかぶらなければ意味がない。そしてグインが仮面をかぶれば、それを取り返したことはすぐにばれてしまう。グインが仮面をかぶる時。それはこの地を旅立つときだ。

「そうだね。すべては時を合わせて一斉にせねばならない。それはわかるね」

ナナシは深く頷いた。

「これから私もここに仕事に来る機会が増えるだろう。時期が来れば私がそれを皆に教えよう」

「わかりました」

それからどれぐらいの時間が掛かっただろうか。

籠はようやく下にたどり着いた。

そこに切り出された岩が積み上げられていた。

上からの合図を待って、我々は籠から降りた。そして積み上げられた岩を籠の中に入れていく。監視しているのはオームの男だ。物売りでも兵士でもない。おそらくこういうことに長けた者なのだろう。その男が載せる岩を指示し、これで終わりと告げると、合図のために紐を二度引いた。

するすると籠は上がっていく。

最後まで見届けることなく、我らは傭兵に先を促されて歩き出した。

筒によってせき止められ、もう白い砂は流れていない。砂の川はもう川ではなくなっていた。白い砂の道をたどり、我らは歩いた。

私にとっては見知った道だ。

蛍草《オルンミラ》の花粉が道を冷たい輝きで照らす中、我らは無言で脚を進めた。傭兵が一番後からついてくる。逃げ出さないように見張っているのだろうか。しかしここから逃げ出すのは容易なことではない。

狭い洞窟の中ですれ違うのは、大きな輪のついた板にイワカブリの餌となる岩を載せて運ぶグロたちだ。

やがて階段のようになった岩壁が現れた。すべてイワカブリの食べる岩でできている。岩は薄く一枚の板のように剝がれる。イワカブリは壁に張り付いてこれを囓《かじ》る。今はグロたちが壁にへばりつき、岩を剝がしては輪のついた板へと載せていた。ここで半分のグロが下ろされた。岩を削り運び出す仕事をするためだ。

餌はあるのだがどこにもイワカブリの姿はなかった。セムとオームが集まっているのだ。怯えてどこかに逃げ出したのだろう。それでも空腹になればここに現れるのだろうが。

すぐに我らは地の底とは思えぬ光景に出会った。巨大な縦穴だ。我らの進んできた横穴は、その筒にぽつんと開いた小さな穴でしかない。丁度この縦穴の反対側に、やはり同じ横穴が開いている。目的の地はその向こうにあった。我らはかつて、この縦穴の周囲を弧に沿って狭い足場を頼りに反対側の横穴へと向かった。

ところがどうだ。

キタイの魔道はここに橋を架けようとしていた。穴の縁にはいくつもの杭が打ち込まれている。太い綱が、その杭から見ることもできない向こう側まで張られている。ゆらゆらと揺れるそのいくつかの綱で作られたそれは、頼りないものではあるが橋は橋だ。

――臭いな。

――ああ、ひどい臭いだ。

グロたちが口々にそう言いだした。

酷い臭いがした。それが何の臭いか、私は知っている。イワカブリの尿の臭いだ。

崖の淵に樽が置かれてあった。臭いはそこからしていた。その横にグロがひとり碗を持って立っている。私もナナシも顔をしかめた。グロは何も言わず、碗で小便を掬《すく》うと、我らに振りまいた。涙が出るほどのひどい臭いがあたりを包む。

この大きな縦穴には虫とも鳥ともつかぬ奇怪な生き物が棲んでおり、人を襲う。しかしそれはイワカブリの尿の臭いが嫌いで、臭いのするものには決して近づかない。

小便の臭いをプンプンさせながら、我らはひとりずつぞろぞろと橋を進みだした。足を載せるのは二本の太い綱。揺れる身体を支えるのは胸の辺りに通されたもう一本の綱。それを摑んでおそるおそる進んでいく。

綱はゆらゆらと揺れる。

一歩踏み外せば地の底の底にまで落ちて行くだろう。生きた心地がしなかった。

我らが綱から落ちるのを待っているように、頭上を奇怪な生き物が舞っている。縄に似た細長い胴体には、虫のような棘《とげ》だらけの肢がたくさん生えていた。その脚の間には肉襞《にくひだ》のような半透明の皮膜が張っている。それを翼にして飛んでいるのだ。だがやはり臭いがいやなのだろう。近くへは寄ろうとせず、ただ我らの頭上をぐるぐると回っているだけだ。そしてこちらは危うい吊り橋を渡るのに必死で、そんな生き物がいるのに気づいていないものすらいた。

吊り橋を渡り終えれば、次に我らを待ち構えているのは大きな大きな水の溜まり場だった。

イワカブリは本当はここを住み処として水の中に生きる生き物なのだ。

水の際で、大勢のグロたちが編んだ網を構えていた。水の中にじゃぶじゃぶと布をつけているものもいる。イワカブリの尿に浸した布だ。イワカブリは水に流した己の尿の臭いに集まる癖がある。それを利用して網で捕らえようというのだろうが、これはあまり上手くいってはいないようだ。その証拠に、未だに捕らえられたイワカブリは二頭でしかなかった。

何人かのグロは弓を手にしていた。矢には紐が結び付けられており、矢を射て捕らえるつもりなのだろうが、これも無駄に水の中に矢を放つばかりだった。よく見れば水面から見えるイワカブリに、矢が刺さったままのものがいた。紐が水の中でゆらゆらと揺れている。これもまた上手くはいっていないようだった。

網を持つグロたちはあくびをこらえ、布を水に浸けるグロたちは洗濯女のように話をしては、見張りの傭兵に怒鳴られていた。傭兵は鳥に似た奇妙な仮面をつけている。おそらくこの酷い臭いを避けるためのものだろう。

ここで二人が降りた。ひとりはナナシだ。

彼らを横目で見ながら私とひとりのグロは水に浮かべた箱に乗せられた。

グロの男が手慣れた様子で二本の棒を操り箱を動かす。私も見よう見まねでそれを手伝う。

水に浮かんだ箱はゆっくりと水の溜まり場を進んでいった。これも大量にイワカブリが捕まるようになれば、それに箱を牽《ひ》かせるつもりだろう。奴らは水の中を驚くほどの速さで泳ぎ切るのだ。

次に何があるのかも私は知っている。イワカブリの尿溜まりだ。

道を行くにつれ、臭いはきつくなっていった。そして二つめの分かれ道で、たくさんの傭兵たちが待ち構えていた。そこから尿溜まりへと向かう洞穴には立派な扉がつけられていた。

さあ、行って誘いだしてこい。

ひとりの傭兵が人《セム》の言葉でそう言って扉を開いた。

「新入りよ、俺たちは囮《おとり》だよ」

グロの男は、そう言ってそこに置かれていた蛍草を手にした。私にも一束渡す。

「なぜ松明にしない」

私は訊ねた。一束の蛍草の灯りでは、あまりにも頼りない。

「火は〈滅びの赤〉を怒らせるのだそうだ」

あの恐ろしい音と、岩を砕いたあの力を思い出して身震いする。

「さあ、行くぞ」

グロの男はそう言うと扉の向こうへと進んでいく。

「ちょっとまて。まさかあのイバリナメを素手で捕まえに行けというのか」

傭兵が何ごとか怒鳴り、私の背を押した。洞穴の中に入ると後ろで扉が閉まる。

「捕まえるんじゃない。あの怪物を俺たち二人で武器も持たず捕まえられるわけがない」

そう言いながらも、グロの男はどんどん奥へと進む。イワカブリの尿を好物とするイバリナメは、獰猛な生き物だ。人を見ればすぐに襲いかかってくる。何しろ奴らがイワカブリの小便の次に好きなのは人の血なのだ。

我々は蛍草を前にかざしながらおそるおそる進んでいった。

頭がぎりぎり天井にこすれそうな洞穴をひたすら歩く。足下はぬるぬるして滑りやすく、鼻の奥を刺すような酷い臭いに、涙がじわじわと流れでた。

やがて広い場所へと抜けた。

ここがイワカブリの尿溜まりなのだ。

手に持った蛍草の灯りだけではあたりを見渡すことが出来ない。薄暗い中をこわごわ進むと、壁際に人そっくりの生き物がいた。肌の色は死人のように真っ青だ。片手の指の数ほどが集まって、地面にへばりつくようにして何かを舐《な》めている。

「気をつけろ」

グロが囁いた。

「やるぞ」

そう言うとグロはパンと手を鳴らした。

一頭のイバリナメがこちらを振り返った。

満面の笑みを浮かべた赤ん坊そっくりの顔がこっちを向いている。額には長い角のようなものが生えているが、それは口嘴《くちばし》というべきもので、先端から鋭い針のような舌を出して岩にこびりついた尿を舐め、同じ舌で人の皮膚を深く突き血を啜《すす》る。顔に見えるものも、実は単なる皺や模様なのだ。

イバリナメが立ち上がった。

立てばセムと変わりない大きさだ。

しかもその腕は太く、短剣のような鋭い鉤爪《かぎづめ》が生えている。

イバリナメは太い声で恫喝《どうかつ》するように吼《ほ》えた。

「走れ！」

グロが言うと同時に走りだした。慌てて私も後を追う。

捕らえられれば鋭い爪に肉を裂かれる。先が針のように尖った舌で突き刺される。

我々は必死だった。

来た道をひたすら駆け戻る。

扉が見えてきた。

「開けろ！」

「開けるんだ！」

我らは叫んだ。気取っているのかと思うほどゆっくりと扉が開く。

灯りが漏れた。

悲鳴のような声をあげて私はそこから飛び出した。

地面に転がる。

真横にグロの男も倒れている。

剣を抜いた傭兵が、開いた扉の向こうを見つめていた。

そのまましばらく待った。

何も起こらない。

傭兵たちは互いに目配せして言った。

「やり直し」

我らはまた洞穴に押し込まれた。

「早過ぎる」「臆病者」「役立たず」

後ろからセムの言葉で罵《ののし》る声がして扉は閉まった。罵声《ばせい》ばかりを覚えるのは子供も兵士も同じだ。

それから二回、我らはしくじった。

二人とも鉤爪で背中を裂かれた。幸いそれほど傷は深くなかったが、いつまでも背中からじくじくと血が流れていた。

三度目、我らが扉から飛び出ると、それを追ってイバリナメも飛び出してきた。

逃げられないようにすぐに扉を閉める。

閉まると同時に、どんっ、と何かがぶつかる音がした。ここまで追ってきたのは一匹だけではなかったようだ。しばらくかりかりと扉を掻く音が聞こえていた。

傭兵たちは逃げ場を失ったイバリナメを押さえ込み、その背中にあるいくつもの大きな瘤《こぶ》を短刀で裂いた。そこから赤い膿《うみ》のようなものを掬いだし、箱の中へと詰める。これを乾かした物が〈滅びの赤〉なのだ。瘤を裂かれたイバリナメは、傷口を縫ってから扉の向こうへと帰される。

交代のグロたちが来るまで、我らは何度も洞穴の奥へ囮として追いやられた。

あの地上に作られた尿溜まりが完成するまで、そしてそこでイバリナメを飼えるようになるまでは、ここでこうやって〈滅びの赤〉を集めるつもりなのだろう。

我らはここでの仕事が終わると、来た道を引き返し、最後はあの大きな筒からイワカブリの岩と交換に地上へと戻された。この日からずっと私はこの砂の底の底の世界《マピ・マピ・エシュコ》で働くこととなった。

5

砂の目のそばに作られた小屋で、私は寝起きすることになった。朝起きればすぐに地下世界で働き、小屋に戻ればここでもまた乞われるままにアルフェットゥ語りを語った。そんな毎日が続いた。カタリは確実にグロたちを変え、私はやがて来るその時を待った。そしてグロの中に一人、ツバイの男がいることを知ったとき、私の中で考えがひとつに繋がりまとまった。目的はただここを逃げ出すことだけではない。それだけならそれほど難しくはないだろう。ノスフェラスでアルフェットゥ尊の教えを守って生きるものなら、オームたちが禁断の知識を手に入れるのを止めなければならない。アルフェットゥ尊の子である我々人《セム》には、人《セム》としてすべきことがあるのだ。それが我らの使命だ。語る力を持ち演じる力を持った者がこの時にここに集まったのはそのためだ。新しいカタリは私の中で出来上がった。後はそれをみんなに伝えるだけだった。

ここと同じようにセムが寝泊まりしている小屋はもう一つある。ナナシとイシュはそちらにいた。マヴォとグインはキタイが作ったあの町にとどまっている。ナナシは毎晩私そっくりの声色でカタリを続けているはずだった。今やほとんどのグロがアルフェットゥ語りを聞いて、その語りをその血へと流し込んでいるだろう。そしてオームのカタリは、小便と一緒に外に流れ出ていく。

私はナナシと外で出逢うたびに、この先どのようにするのかを話し合った。ナナシはいつの間にかオームの言葉が話せるようになっていた。モノマネと同じ要領ですよと言うと、ナナシは物売りが傭兵に喋る様子をそっくり真似をした。部屋が汚れていたと文句を言ってるところです、とナナシは笑った。

このことはオームたちに気づかれてはいなかった。だから傭兵も物売りも、ナナシの前で大事な相談をした。だからこそナナシは、我らがもうすぐこの砂の目の村を離れ、またあの物売りの作った町に戻ることを知ることができたのだ。そのときにはマヴォやグインと会うことができる。すべてはそれから始めるつもりだった。

その日はすぐに来た。

我々はソリの前に並ばされた。ソリには石が山積みになっていた。どうやら物売りの町までは歩かされるようだった。これでよりやりやすくなった。私はイシュの姿を見つけていた。列を成して移動しながら、私はイシュに寄っていった。

「今日か」

イシュは小声で言った。その声が震えている。

「あれがツバイの男だ」

頭ひとつ列から飛び出している大きな男がいた。ツバイ族はラクとは縁続きであり、グロよりも我らに親しい。話をすればすぐに分かってもらえた。

「あの男と、行け。それですべてが始まる」

「……すべてが」

「始まる」

「……はじまる」

イシュはゆっくりと俯いた。その手が小鳥のようにぶるぶると震えている。

「お前は誰だ」

私は言った。

「俺は……」

「お前は誰だ。何者なのだ。お前の本当の名前は」

「……俺は」

「今こそ名乗れ、紅の傭兵よ。炎の破壊者よ。お前の名は」

「……我が名は」イシュが顔を上げた。その目には炎が宿り、唇には不敵な笑みが浮かぶ。

「我が名はイシュトヴァーン」

「そうだ。カタリの中でそうであるように、お前は勇敢な紅の傭兵。さあ、行くんだ」

ツバイの男がちらりとイシュを見る。イシュが頷く。

私は思い切り息を吸ってから、声を張り上げた。

「おお見ろ！　モンゴールの兵士たちが悲鳴を上げて逃げていくではないか。あれこそが怖いもの知らずの紅の傭兵。リアード様の右腕にして最強の戦士ヴァラキアのイシュトヴァーンだ」

恐ろしげな形相で怒鳴りながらオームの傭兵が近づいてきた。それでも私はカタリを止めない。

「その長剣がモンゴールの人食いどもを右へ左へと斬り倒す。その剣捌《さば》きの素晴らし――」

殴られた。

ふっと、頭の中がどこかに飛ばされ、戻ってきた。

気がつけば倒れていた。

目の前に歯を剝き出したオームの兵士がいた。

私は頭を振ってカタリを続けた。

「まるで冷たい夜の月の光のように鋭い剣捌きに、モンゴール兵が次々に倒れて——」

殴られる。

語る。

蹴られる。

語る。

何が何かわからなくなって真っ暗闇の中に落ち込む寸前、イシュがツバイの男とともにそっとこの場を逃げ出していくのを見た。

そして次に目覚めたとき、私は牢の中にいた。砂の目の村には牢などなかった。鞭打っても抵抗をやめぬような者を置いておく場所がないのだ。そして思惑どおり、私はもとの物売りの町までもどってきたのだ。そしてこの町にある牢は逆らったセムが入れられる場所。ここにグインもまた閉じ込められているはずだった。

私は身体を起こし、木の格子から外を覗き見た。調べたとおり、牢の見張りはグロがしていた。

私は大声を上げた。

「グイン！　グイン！　私だ。クサレだ」

すぐに壁を叩く音がした。隣にいるようだ。

すぐにグロの男が飛んできた。

「アルフェットゥ語りよ。もう少し静かにしてもらえないか。外のオームに聞こえたら大変なことになる」

男は申し訳なさそうな顔でそう言った。

「わかった。迷惑を掛ける気はない。だが私はどうしてもグインと話をしなければならないんだ。頼む」

私はグロに頭を下げた。

「すぐに済むから、私をグインの牢に入れてもらえないか」

男は私の目をじっと見て、すぐにこう言った。

「長くは出来ない。少しの間だが構わないか」

断る理由はない。

扉が開かれ、私はグインの牢へと入った。久しぶりに出逢ったグインは、力無く床にうずくまっていた。私は彼の広く逞しい肩を抱き、必ず仮面を取り戻すことを約束した。そして仮面が手に入ったら何をするかを手短に説明した。

おまえは再び王の中の王、偉大なるノスフェラスの王となるのだ。

私がそう言うと、力を失った彼の瞳にわずかばかりの灯りが灯った。

すぐに私は元の牢へと戻ったが、すべきことはすでに果たしたのだった。

翌日の早朝、私はグロの男に連れられて離れにある石造りの小屋に連れて行かれた。

椅子に尊大にふんぞり返っているオームの男が、こちらを振り返った。

「久しぶりね、クサレ」

物売りだった。

「元気だったかしら」

「おかげさまで、毎日よく食べてよく眠れているよ」

「あなたのお仲間が逃げたのをご存じかしら」

「ほお、そりゃあ何か用事が出来たんじゃないのかね。子供が生まれたとか、親が亡くなったとか」

「あなたはその時大暴れしていたらしいわね」

「アルフェットゥ語りの腕が鈍らないように練習していたんだ」

「おまえが注意を集めて仲間を逃がす。上手くいったと思っているだろうな」

がらりと口調が変わった。顔も腐肉をみつけた砂イタチのように卑しく禍々しい。

「だがな、何を考えているか知らないが、おまえたちクズに出来ることは何もない」

物売りは私の顔を覗き込んだ。

「わかるわよね」

「もちろん、よくわかっているとも」

物売りが何か言う前に、彼に背を向け私は小屋を出て行った。物売りは私を呼び止めようとはしなかった。

6

「とうとうこの夜が来た」

モンゴール軍を叩き潰すグインたちの活躍とその勝利を語り終え、私はみんなにそう告げた。小さな小さな声で喋るのにも慣れてきた。小声で語るアルフェットゥ語りが、同胞たちにどのような力を与えているのか、それが肌でわかった。

「我らが我らの誇りのために戦う時が来たのだ」

暗闇の中、みんなは私の寝床を囲んでうずくまり、興奮を押し殺し拳を握り締めている。その湿った熱気に、私も蒸し焼きになりそうだ。そんな晩がここのところずっと続いてきた。そのあげく、この夜を迎えたのだった。

「アルフェットゥ語りよ」

勇猛なグロらしからぬ不安げな態度で、その男は言った。

「我々はケイヤクショと言うものを交わしてしまったのだ。そこにモジを書いてしまった。そのモジは我らの名前なのだ。これはオームの魔道なのではないのか。我らの魂の一部を、オームに預けたことになるのではないのか」

「ケイヤクショか」

私は鼻先で笑った。

「そんなものなど、我らには何の意味も持たない」

「しかしケイヤクショというものは非常に大事なモノで、たった一枚のケイヤクショで国が動くのだと聞いたぞ」

「誰に」

「物売りだ」

「なるほど。それは嘘ではない」

「やっぱり」とグロたちは肩を落とした。

「それはモジというものを持ってしまったオームたちの国での話だ。モジは危ない。この世をバラバラにしてしまう恐ろしい力をもっている。我々はモジを知らないわけでも使えないわけでもない。我々はモジというものをオームたち以上によく分かっているからこそ、それを使わないのだ。いつか食うかもしれぬからと糞を溜め込んでいる奴が賢いといえるだろうか。必要なものを知らないのではない。必要でないから知らないのだ」

私は薄暗い部屋の中で、ゆっくりとみんなの顔を見渡した。表情までは見えない。しかし何も聞き逃すまいと集中しているその気を、痛いほどに感じていた。

「モジはなくとも伝えたいことは伝わる。コトバや態度や尾の振り方に表情、それらがすべて伝えたいこととなるからだ。砂の顔を見よ。それは微笑み、笑い、嘆き、怒り、喜悦に声を上げれば、悲しみに沈黙する。砂の伝えたいという心を、我らは受け取ることができるからだ。砂漠は我々に、砂《セ》にすむ者《ム》に伝えようとする。モジなど使わずに。そしてセムはそれを分かりたいと思う。こうして我々は魂で砂漠と婚姻を交わすのだ。我々セムは皆砂漠の花嫁だ。男も女もね。それが我らのケイヤクショだ」

　皆が頷くのが見えた。

「思いだしたかね。ケイヤクショやモジなどよりもずっと大事なことを。思い出したなら、我々が今何をすればよいのか、それもわかっただろう。さあ、今度は我らがお《カ》は《タ》なし《リ》になる番なのだ」

　皆が無言で拳を振り上げた。

「私が仲間たちとともに外に出る。しばらくしたらこの世の終わりのようなとんでもない轟音が聞こえ、地面が震えるだろう。しかし怖れるな。それこそはアルフェットゥ尊の怒りの声だ。我らを鼓舞する神の声だ。それが聞こえたら、すぐにこの村を出る。狗頭山《ガルラタミヤ》目掛けて走れ。ひたすら走れ。すぐに峡谷に出るだろう。来るときに通ってきたから覚えているはずだ。峡谷を過ぎればそれぞれの村へと帰れ。もし己の村が滅びているのなら隣の村を頼れ。それがなければまた隣の村へ。セムは一つだ。どの村でもおまえたちを歓迎するだろう。生きて帰れ。逃げて逃げて逃げきるのがみんなの使命だ。さあ、行こう」

私はナナシと、ここで久しぶりに再会したマヴォとともに、小屋を出た。この日ともに命を賭けてくれることを約束したわずかばかりのグロの男も一緒だ。月のない夜だった。そしてこの小屋の見張りはグロしかいない。砂漠の夜は冷える。オームの傭兵たちはつらい夜の見張りを嫌がってグロに任せるからだ。オームたちは我らが皆あの砂漠オオカミたちのように従順だと思い込んでいる。あの狡賢いキタイの物売りを除いて。そしてこの夜、物売りがこの町にいないことをナナシは聞き出していた。

グロの瞳のように黒々とした夜だった。外を歩く我等を咎《とが》めるものはどこにもいない。グロの夜回りに出会っても、挨拶ひとつで素通りする。

「こっちです」

ナナシの案内で我らは小屋へと向かった。我々から奪い取ったものがすべて仕舞われてある小屋だ。そこにはグインの仮面があるはずだった。

外に立っていたグロの男が、中にオームが一人いると囁いた。

ナナシがオームの言葉で話し掛ける。何をどう言ったのか知らないが、あっさりと扉が開いた。一斉に中へとなだれ込む。

どうやら眠りかけていたようで、剣さえも持っていなかった。抵抗する暇もなかったようだ。両手両足を縄で縛り床に転がす。さがすほどのこともなく豹頭の仮面は見つかった。そして我らの剣と、グロたちが持ってきたであろう弓矢も見つけた。それぞれが武器を手にした。

次は牢のグインだ。ここも扉の外で立っていたのはグロの男だ。彼はどうぞどうぞと扉を開いて我らを中に入れた。牢にはグインしかいなかった。それまで反抗して牢に入れられるような人間《セム》は一人もいなかったのかもしれない。逆らうものはいない。オームたちもすっかりそう思い込んでいたのだろう。

見張りから借りた鍵で牢を開いた。

「約束通りだろ」

私はそう言うと彼に仮面を渡した。

グインはそれを受け取ると、我らに背を向け、豹頭の仮面をつけた。

その瞬間にグインの身体が倍ほどに膨れたように見えた。いや、本当に肩や腕が大きく盛り上がった。

グインは起ち上がり振り返った。その時そこにいたのは紛うことないリアード様の姿だった。

「リアード様……」

マヴォが思わず呟いた。

「剣をくれるか、クサレよ」

私はひざまづき剣を渡した。

「王よ、王よ、ノスフェラスの王よ」

同じくひざまづいたグロたちがそう言った。グインもそれを否定はしない。何故なら本当にそこにいるのがリアード様だからだ。

グインはこの時リアード様として復活した。

我々は蘇《よみがえ》ったグインとともに町の外れへと向かった。そこに〈滅びの赤〉の仕舞われた小屋があるのだ。

さすがにここでは夜回りをする傭兵の姿がある。

だが砂漠の夜は我らセムの同胞だ。闇は優しく我らの姿を包み込む。そしてオームたちはわざわざ己がどこにいるのか知らせるように松明を持っている。

我々は物陰から弓を射た。

打ち損じることはない。

矢はことごとく傭兵たちの首を射抜いた。

オームたちにとっては闇の中から悪霊に狙われているようなものだ。誰もが声をあげることもなく倒れていった。

物陰から物陰へと闇の中を渡り歩き、その小屋にたどり着いた。

見張りは遠くから弓で射て、背後から回り込んで短刀で喉を裂く。

倒した兵士から鍵を奪い、扉を開いた。

幾度か私もここにそれを運び込んだことがある。どこに何があるのかもわかっていた。棚に置かれているのは乾燥し完成した〈滅びの赤〉だ。黒く薄い革のように見える。昼間見たそれは真っ赤な血の固まりのようだった。薄闇の中では赤は見えない。それなのに、黒々としたそれが不吉な血の赤に見えるのだった。

マヴォが袋から灰にまみれた火種を出した。ふうふうと息を吹きかけると、鼓動のように赤く白く輝く。

ナナシが運び込んだ油を床に撒いた。鼻を刺す油の臭いが広がる。私は乾いた木ぎれを床に立てた。

「さあ、みんな逃げろ。アルフェットゥ尊の怒りに巻き込まれないように急いで大門へと走れ」

弓を手にしたグロたちは、正面の大門へと向かって走りだした。

マヴォから火種を受け取り、息を吹きかけながら掌で転がす。そして積み上げた木ぎれの先端に火を点した。

枯れた木ぎれはあっという間に燃えていく。

「行くぞ」

言うと同時に私は小屋を走り出た。ナナシもマヴォも一斉に走り出す。そして走る。走る。走る。

聞いたこともない轟音がした。それはまさにアルフェットゥ尊の怒りの叫びだった。

地面が揺れた。

後ろから熱い強風に突き飛ばされた。

私は足をすくわれ前のめりに倒れると二転三転した。

起き上がり振り返る。

炎の怪物が夜空へと向かって大きく伸びをしていた。

大岩が鳥の羽のように空を飛んでいる。

それはまるでこの世の終わりのような光景だった。

この瞬間を待っていたセムたちが一斉に小屋を出て走り出す。

「弓を持った者は正門の見張りを射て！」

私は叫んだ。

「門を開くんだ。開門！　開門！」

アイー！　イアイーッ！

リアード！　リアード！

アイッ、アイーッ！

グロたちが声をあげ砂嵐のように大門へと向かった。人々《セムたち》の鬨《とき》の声が煙《ケム》のごとく立ち上り漂い集まり鬨の霧となって野を揺るがし、今この時すべてがセムの語りの中へと包み込まれていくのが私にはわかった。

我らはすでにカタリの中にいた。

ようやく剣を手にした傭兵たちが兵舎から現れたが、何が起こっているのかわからないままに石斧と弓の餌食になっていく。

アルフェットゥ尊の怒りはまだ治まっていなかった。

何かがまた炎を噴き上げた。

大岩が雨のように降る。

巻き込まれればグロもオームもともに犠牲になるだろう。アルフェットゥ尊の怒りに慈悲はない。誰がどうなるかなど私にも見通すことは出来ない。〈滅びの赤〉を真ん中に置いて、何もかもが大きなカタリの流れの中にあるのだ。

正面の大門が見えてきた。

すでに衛兵は討たれ、重く巨大な門は開いていた。

グロたちがそこから駆けだしていくのが見える。

「武器を持つ者よ。門からオームどもを出すな！　命に代えてここで食い止めるのだ。我らは神の子。怖れるものは何もない。ここで裸の獣どもを迎え撃て！」

私もナナシもマヴォも、そしてグインも、門の前で待ち構え、駆け寄る傭兵どもを討った。

傭兵の中に飛び込んだグインはまるで鬼神のようだ。大きなオームたちが気迫に押され近づけない。そこに踏み込み剣を振る。その太刀捌きの凄まじいこと。

砂嵐に巻き込まれたようにオームどもが倒れていく。

戦いは神のつくほうが勝つのだ。

グインの中には怒れるアルフェットゥ尊の力が満ちている。その勢いはグロたちにもつながる。矢を放ち、矢が尽きれば短刀を手に傭兵たちに突っ込んでいく。

数でも力でも劣っているはずの我らが、傭兵どもと互角以上に戦っていた。

それでも時が経つほどに傭兵の数が増えていく。

行け！　走れ！

門を越えていくグロへと声を掛けながら、私も剣を振るった。赤々と炎が天を焦がしている。我らももう闇の中にいるわけではない。今はその姿をオームたちの前に晒しているのだ。

武運が変わらぬうちにここを出ねばならない。

「急げ！　急げ！」

喉も潰れろと私は大声で叫ぶ。

最後に出る者たちが、門の近くに停めてあった大きなソリをいくつか引きずって出ていく。それらが門を出るまで、我らも最後まで傭兵たちに剣を向け矢を放つ。

ソリの尻が扉を越えた。

「出るぞ」

武器を手にしたグロが、そして我らも外へと走り出る。

最後の一太刀を浴びせたグインが身を翻《ひるがえ》して門から出た。

「門を閉じろ！」

皆が力を合わせて重い扉を閉めていく。

その間にも門をくぐり抜けて出てくる兵士たちに弓を引き、それでもなお走り出てくるものは剣で討つ。

ようやく扉が閉じた。

「ソリを！」

右から左からソリを滑らせ、それを門として門を塞いだ。

「走れ！　逃げろ！　峡谷まで後を振り返るな！」

味方である夜が明けきる前に峡谷につかねばならなかった。

7

夜を駆ける。
セムは一筋の濃い影だ。
ナナシとマヴォが先頭を、私とグィンが最後を走る。
弧を描く砂漠の淵から日が昇ってきた。
紫から赤く白く空が色を変えていく。
それでも陽が昇りきる前に峡谷が見えてきた。
だが喜ぶことは出来なかった。
走り寄ってくるものの気配をみんな感じていたからだ。
砂が揺れる。その揺れを足底で感じる。
それは四つ足で素早く走るものたち。
オームは砂漠オオカミ《ガルル》を放ったのだ。
先頭はすでに峡谷へと入り込んでいた。だがすでに走り疲れていた我々に、オオカミたちはすぐに追いつくだろう。
いや、振り返ればもうそこにオオカミどもの姿が見えているではないか。
「逃げろ！　逃げ切れ！」
私は叫んだ。
グインが剣を抜くのが見えた。
「駄目だ！　逃げろ！」
私は叫んだ。
しかし立ち止まったグインは、すでに剣を構え後を振り返っていた。
そこにオオカミどもが迫っていた。
私も剣を抜く。
オオカミは無言で我々に襲いかかってきた。
起ち上がればセムよりも大きなオオカミだ。その牙から逃れるのが精一杯だった。
悲鳴が上がる。
砂上に赤く血飛沫《ちしぶき》が飛ぶ。
「走れ！　走れ！」
私には叫ぶことしかできなかった。
峡谷を駆け抜ける。

血塗《ちまみ》れのグインが、横に並んだ。

「イシュトヴァーン！」

その名を叫ぶ。

返事がなければ我々は全滅だ。

気を持たせるのに充分な間をおいて、声がした。

「やつらを放て！」

イアッ！　イアッ！

囃《はや》し立てる声に押されるように道の左右から、白濁したどろどろの何かがどっと流れ込んできた。

吐き捨てた唾にも似たそれは、我らの足下を掠《かす》め、ぶるぶると震えながら峡谷を埋めていく。

オオカミたちは止まることが出来なかった。

群れはまっすぐそのどろどろ――イドの中へと飛び込んでいった。

それはあまりにもおぞましいイドの食餌《しょくじ》風景だった。

イドに包まれたオオカミはその中でぐるぐると回る。その度に皮が蕩《と》け血とともに内臓を噴きだし、薄汚い肉混じりの汚泥となって消えていく。

「心配したぞ」

荒く息を吐きながら私は言った。

「ドールの黒豚の糞にかけて、俺は約束を違《たが》えたりはしない」

隣に立ったイシュは自慢げにそう言った。

アリカの実がきつくにおう。

そばに立っているのはツバイの女たちだ。

ありがとう。

私は感謝の印に目を伏せ礼を言った。

この近くに、数少ないツバイ族の村があるのは知っていた。あのツバイの男はそこから来たのだ。

ツバイ族は別名イド飼い。

ツバイの女たちはあの怪物を、アリカの実を使って自在に操ることが出来るのだ。オームどもが魔道でノスフェラスの生き物を操るずっと前から、セムはそうしてノスフェラスの生き物と暮らしてきたのだ。

ツバイの男の案内でツバイの村までイシュに交渉に行ってもらったのだ。この峡谷でイドを待ち伏せしてもらうために。ツバイたちがどこまでイシュを信用するかはわからなかった。ツバイの男も口添えしてくれただろうが、成功するかどうかは私にもわからなかった。だが自信はあった。すべては神の采配。アルフェットゥ尊の束ねた手綱のままに運命は走る。そして我らはいつもアルフェットゥ尊とともにあるのだ。つまり運命は決して我ら《セム》を裏切らないということだ。あのオオカミどもの後ろからは、オオカミにソリを牽かせたオームが追ってきているだろう。

　しかしそれもイドによってここでしばらくは足止めをさせておくことが出来る。急なことでそれほどイドを集められなかっただろうに、イドの怪物はそれでも十分な力を発揮していた。

「さあ、ここまでだ。後は我らに任せて、みんなそれぞれの村へと帰れ。そして二度とオームの世迷いごとに惑わされぬように話をしてくれ。裸の獣どもはただセムを奴隷とし、この世界《ノスフェラス》を滅ぼすつもりなのだ。出逢った仲間たちに、おまえたちの勇敢な冒険の話をしてやってくれ」

　深く頷き、グロたちが帰っていく。ツバイの女たちも村へと帰っていった。食餌を終えたイドもやがて村に戻っていくのだという。

「さてと、最後に一仕事だ」

　私はそこに残されたものたちを見回した。イシュとナナシ、グインにマヴォ。この長い旅をともに過ごした旅の仲間たちだった。

「砂の目に戻るのですか」

そう言ったのはマヴォだ。

私はうなずいた。

「〈滅びの赤〉はすべて始末しなければならないのだよ。あれはアルフェットゥ尊にしか触れることのできないものなのだ。しかしことはそう簡単に済むとも思えない。命を賭けることになるだろう。それでも手伝ってやろうというものだけがついてくればいい」

「もちろんついていきますよ」

ナナシはそう言って微笑んだ。

「クサレ、みくびったもんだな。シレノスの母なるニンフにかけて俺は敵から逃げ出したりはしない。それぐらいのことがわからないのか」

イシュはわざと憎々しげにそう言った。

「さあ、行くぞ」

グインが歩き出した。

「はい」

大きな声で返事をして、マヴォがその後を追った。そして私たちは、あの砂の底の底《マピ・マピ・》の世界《エシュコ》へと向かって脚を進めたのだった。

我らはその毛を油で溶いた炭で真っ黒に塗った。ほとんどのオームはセムの区別などつける気がない。だがさすがに真っ黒のグロの毛と我らラクの毛色とは区別がつくだろう。こうしておけば、間違いなくグロとラクの区別がつかないだろう。問題はあの物売りが砂の目にいる場合だ。あの男なら我らの区別もつくかもしれない。物売りが今日あの町を離れることはわかっていたが、そのときどこにいるのかまではわかっていなかった。だがしかし、と私は思うのだ。たとえあの物売りが砂の目にいたところで何とかなるだろう、と。何しろ運命は我らの味方をするのだから。かくてこの世はしかるべきもって砂のごとし、なのだから。

8

我らは駆けた。

物売りの町から伝令が着く前に砂の目に到着しなければならなかったからだ。町にあった砂ソリがすべて壊れていることを祈る以外は、ひたすら何も考えず走り続けた。

二度目に陽が落ちて、我らはようやく砂の目へとたどり着いた。

息を整える間もなくグロたちの小屋に忍び込む。闇が我らの味方をしてくれている間に、何もかも片付けるのだ。

小屋の中のグロたちはすぐに我らがアルフェットゥ語りであることに気づいた。私は物売りの町がどうなったのかを教えた。そして今からここで何をするかを。グロたちはまるでそれを新しいカタリであるかのように目を輝かせて聞いていた。そして最後に、協力してくれる勇敢なグロを募った。砂の目へと降りるには人の手を借りる必要がある。我らの乗った籠を下まで降ろしてもらわねばならないからだ。選ぶのに困るほど、皆は協力を申し出てくれた。

いくらかのグロの男とともに、我々は砂の目へと近づく。

井戸のように筒が突き出したところには、グロではなく傭兵が二人、松明を掲げて見張りをしていた。しかし夜の砂漠で我らセムに優る狩人はいない。

足音一つ立てず背後に回ったイシュとグインが、傭兵たちの首を掻ききった。

マピ・マピ・エシュコへと続く大きな筒の中にまっすぐ綱が伸びている。そして綱の端につけられた大きな籠が引き上げられて筒の横に置かれてあった。その籠を筒に投げ入れ、反対側の綱をグロの男たちに支えてもらって一人ずつ乗っていく。全員乗ると、綱は少しずつゆるめられ、その度に籠は地底へと向かって降りていった。底の底につくまでにはかなりの時間が掛かる。私はその間に地上のグロたちが傭兵に見つからないことを願った。そしていつものようにその願いはアルフェットゥ尊によって叶えられた。

ごとりと音を立てて籠の底が底の底へとついた。

我らは籠から飛び降り、着いたことを知らせるために一度綱を引いた。

それから私は背負っていた袋を降ろす。中から一枚の不吉な赤い紙を取り出した。〈滅びの赤〉だ。あの小屋から持ち出してきたのだ。それを地面に置く。そしてしばらく待った。筒を下ろしてくれたグロたちが筒からそっと小屋にまで戻れる時間が必要だからだ。

物売りの町で炎を噴き大地を揺らしたあの怖ろしい力から考えると、たとえ一枚の〈滅びの赤〉であろうと甘く考えてはいけないだろう。

〈滅びの赤〉が見えるぎりぎりのところまで横穴を進む。

立ち止まると、ナナシが弓に矢を番《つが》えた。この中ではナナシが一番弓を得意としている。

しっかりと狙いをつけて滅びの赤を撃つ。

やはり緊張していたのだろう。一度目は失敗した。矢は残り少ない。あまり失敗を繰り返すことは出来なかった。

そして次。

みんなが見守る中、矢はまっすぐに〈滅びの赤〉へと向かった。

この世を滅ぼすと言われる〈滅びの赤〉の力は我らの予想を遥かに超えていた。

砂嵐ですらこれほどの力をもっていない。

私は砂と飛び散る岩に巻き込まれ、その恐ろしい風の力で洞穴の奥へと吹き飛ばされた。

一瞬なにもかもが白い光のなかに消えた。わずかだが気を失っていたのかもしれない。舞い上がる砂塵が少し収まったとき、崩れ落ちた岩が道をふさいでいるのを知った。思惑通りだった。地上がどうなっているのかわからないが、しばらくは砂の目からここに下りてくることはできないだろう。

噴き上がった砂塵はなかなかに収まらない。蛍草の灯りは飛び散る砂に滲むように輝く。前がよく見えない。我らは壁に片手をついてまっすぐ進んでいった。そしてあの巨大な縦穴にまでやってきた。何度来ても足が竦《すく》む。

かめに入ったイワカブリの尿は置いたままだった。それを鼻をつまんで互いに掛け合ってから綱の橋を渡る。

〈滅びの赤〉の大きな音と揺れ、そしてめったにないであろう砂塵と強風に驚いたのだろう。透明な羽を羽ばたかせながら奇怪な虫が群れをなして穴の中を飛んでいた。

右往左往とはこのことだろう。大顎《おおあご》を左右に開いて、きぇええええと甲高い声で啼き交わす。その音が洞穴に響き渡り頭が痛いほどだ。飛び回るものの中には壁に激突して落ちて行くものまでいる。

イワカブリの尿を掛けているにもかかわらず、ぶつかるほどに近くへとよってくるものもいた。

それを剣で振り払い、しがみつき大顎で嚙みつこうとするそれを毟《むし》りとって捨てる。

ようやくみんなが橋を渡り切った。

何よりも素早く、グインは腰に差した鉈《なた》を取り出し、太い綱を斬り落とした。

風を切って綱の橋が奈落へと落ちていく。

それを見送って我らはさらに進んだ。幸いあの虫に襲われて怪我をしたものはいなかった。すぐに大きな水の溜まり場にまで出てくる。

そこには前までなかった小屋が作られていた。

小屋の横、水辺には水に浮かんだ箱がたくさん浮かび、縄で杭に縛り付けてあった。その箱に近づこうとしたときだった。小屋の中からオームの傭兵が二人現れた。どちらもすでに大剣を抜いていた。

そして最後に出てきた男が言った。

「上手くいくとでも思ったのかしら」

物売りだった。

「あんたたちの貧弱な頭でキタイの物売りを最後まで出し抜けるとでも」

「お前の作った町に、もう〈滅びの赤〉はない」

私は言った。

「おまえはしくじった。我々《セム》を甘く見ていた。結局おまえは何も見通すことができなかった。ここにいたのもただの偶然だ」

「偶然じゃない」

物売りは私を睨んだ。

「嫌な予感がしてここまで見に来たんだ。これこそ神の采配じゃないのか、サルよ」

怒りのあまりか、また言葉遣いが変わっていた。

「お前たちに神はない。アルフェットゥ尊は我らにのみ微笑む」

「神をおまえたちだけでどうこうしようというのか。傲慢なクズどもだ」

「傲慢？　我らの驕りだというのかね。我ら《セム》はアルフェットゥ尊へと頭《こうべ》を垂れその声を正しく聞く謙虚な心があるからこそセムでいられる。奢《おご》りなどとは正反対――」

物売りが動いた。

柄《つか》に仕込んだ短刀が見えた。

気がつけばすぐ前に物売りの顔があった。キタイの武術なのだろうか。不可思議な見たことのないような動きだった。

私には避けることなどできなかった。

覚悟した。

やられた、と思った。

しかし、がっ、と剣と剣のぶつかる音がして、物売りはまた私から離れた。

そして私の前にグインが立っていた。

「こいつらを殺せ」

物売りはセムの言葉で一度そう言ってからオームの言葉で言い直した。間違えたのではないだろう。我らに脅しを掛けたのだ。殺すつもりでいるのだと。

ひとりの傭兵はナナシに、ひとりはイシュへと飛び掛ってきた。

私はナナシに加勢した。だが加勢するまでもなかった。ナナシは毛を黒く染めたとき、グロの伝説の大酋長イラチェリの役に入っていたからだ。

私はただナナシが攻めるときをつくるために、大声を出して斬りつけるふりをするだけでよかった。

傭兵はちらりと私を見てから、その技量を測ったのだろう。先にナナシへと剣を向けた。

ちょっとした間があいた。

男がナナシの頭上へと剣を振り上げた時に、ナナシはすでに一歩踏み込んでいた。

そして頭上から襲うオームの剣を跳ね上げその下をくぐり、男の腿を深く突いた。

悲鳴を上げてひざまづく男に、大きく跳んだナナシは、落下する勢いのままに男の首を切り落とした。

イシュを見ると、その活躍はまさに紅の傭兵イシュトヴァーンそのものだった。身体の大きさの差など気にもならない。右に左に剣を避け、相手の隙をついては脚や腹へと斬り込む。突く。身体の大きさの差など気にもならない。大きい分、傭兵のほうが愚図に見える。

耐え切れず血まみれになった兵士が膝をつくと、その頭を蹴り上げ、のけぞり顕《あらわ》になった喉を突いた。

残るは物売りひとり。

グインが簡単に片付けてくれるだろうと思っていたらそうではなかった。

物売りはエンゼルヘアーのように掴もうとするとすっと逃れ、離れれば近づく。さして素早くは見えないのに、いつの間にかグインは先手を取られている。

グインは苦戦していた。

振る剣のことごとくがかわされる。そして物売りの剣はグインの胸を裂き、首を掠める。

物売りが持っているのは柄の部分に短い刀が仕込んである特別な剣だ。本来は騙し討ちのために作られた剣だろう。それを小さな槍のように扱っている。

その剣捌きに押され、背後へと下がり、グインはばしゃばしゃと水の中へと入っていった。

隙を見て跳びかかったイシュの剣が弾き飛ばされる。
同時に大きく間合いを詰めたナナシの腹に、物売りの蹴りが刺さる。
ナナシは腹を押さえてうずくまった。
グインが剣で突き上げた。
イシュとナナシの攻撃が隙を作ったと見ての必殺の突きだった。
切っ先は間違いなく物売りの喉を貫いた——ように見えた。
が、僅かに身体を動かし剣は喉を掠めただけだった。
そして近づき過ぎたグインの肩を、物売りの剣は貫いていた。
たまらず私は剣を振り上げ飛び掛かっていった。
あっさりとその腕を摑まれ、水の中に叩き込まれた。
起き上がる間もなく腹を踏まれた。
私は水の中で潰された虫のようにもがいた。
水が赤く濁るのはグインの血か。
「リアード様!」
血を吐くようなマヴォの声が聞こえた。
私は自分の腹を踏みにじる物売りの脚を摑んだ。
物売りが体勢を崩した。

踏みつける脚から力が抜ける。

息も出来ず気を失う寸前だった私は、その時水の中でゆらゆらと水草のように揺れるものを見ていた。

アルフェットゥ尊はすべての運命を司る。

私がその紐を摑み、物売りの脚に巻き付けた時、それが何を意味するかもわからなかった。

足首に巻き付けた紐を持ち上げ、水から顔を出す。

物売りが水の中へ倒れ込んだ。

大きく息をついた私は、血を流し倒れているイシュと、俯せになりぴくりとも動かないマヴォを見た。

立ち竦むグインは、肩から生えた物売りの剣を引き抜こうとしていた。

物売りが立ち上がった。

いつの間に捕らえたのか片手でナナシの首を摑み、高く掲げていた。

「止めろ！」

物売りに摑みかかろうとした私の顔面に、その蹴りが当たる。

目の前に白く光が散った。

ぐしゃりと鼻の骨が折れる感触があった。

不思議と痛みはなかった。
気がつけば真後ろに倒れ、再び水の中へと沈んだ。
一生分ほどの水を飲み、咳き込みながら身体を起こした。
物売りがグィンの胸に足を掛け、肩から剣を抜き取ったところだった。
ナナシはボロ布のように水の中に捨てられていた。
聞いたこともない咆吼をあげ、グィンは物売りに飛び掛かる。
物売りは手にした剣を振り上げた。
グィンはただ度を失って飛び込んだのではなかった。
物売りが持った剣の柄を掴み懐に飛び込むと、拳を物売りの脇腹に埋めた。
うっ、と呻き身体を屈めたその顎を蹴り上げる。
だが物売りは、その足をやすやすと掴み取った。
捕まえた獲物よろしく、物売りはグィンの身体を逆さまに吊した。
そして反対の手に持った剣を、グィンの腹へと突き立てようとした。
私は起ち上がった。起ち上がろうとした。しかしただよろめいただけだった。
「アルフェットゥ尊よ！」
叫んだ。叫んでどうなるものでもないが、それでも叫ばずにはおれなかった。
すべては神の采配だった。

アルフェットゥ尊は必ず砂漠の民へと微笑むのだ。

物売りがもんどり打って水の中へと倒れた。

起ち上がろうとしたが、足を何かに引かれている。

紐だ。

私が絡めたあの紐に引かれているのだ。

私は思いだした。あの紐はグロたちがイワカブリを捕まえるのに放った矢につけられていた紐だ。

水飛沫を挙げて物売りが水面を引きずられていく。

尋常な速さではない。

あの紐はただ捨てられていたのではなかったようだ。紐はイワカブリに突き刺さったままの矢に結ばれていた。そしてそのイワカブリが水辺の喧噪《けんそう》に驚いたのだろう。急に逃げ出したのだ。

凄まじい勢いで物売りの身体が水面を走る。

その悲鳴がたちまち遠ざかっていった。

そしてずぶりとその姿が水の中へと消えた。しばらく見ていたが、もう浮かんでくることはなかった。

9

我らは箱に乗り、二本の棒で水を掻いて大きな水の溜まり場を越えた。

みんな血だらけ傷だらけだったが、それでも生きている。生きて進んでいる。

「くそっ！　まったくなんて奴なんだよ。ヤーンの百の目玉にかけて、二度とキタイの物売りとは戦わない」

イシュはずっと独り言を続けている。彼はイシュトヴァーンであり続けているのだ。それは背を伸ばし黙って歩くグインも同じだった。彼は今や伝説のリアード様そのものだ。グインに心酔しているマヴォが肩の傷になにやら薬草を貼り付け布を巻いたが、それでは血が止まらない。

いつものグインならもう歩けなくなっているのではないだろうか。

「何度来ても酷い臭いですね」

ナナシが言った。進むにつれて臭いは酷くなっていく。イワカブリの尿溜まりまではわずかだ。途中で蛍草を手にした。それを頼りに進んでいく。悪臭に頭がくらくらする。

しっかりとした木製の扉が見えてきた。オームたちが尿溜まりの入口に取り付けた扉だ。今はそれが大きく開かれていた。イワカブリが通れるようにだろう。ここを閉ざすのはイバリナメを捕らえるときだけなのだろう。

その扉を閉じて閂を掛けた。こうしたところで、イワカブリが新しい尿溜まりを作り、そこにイバリナメたちが集まるだけのことだろう。

だがここに至る道は閉ざした。

残されたのはもう一つの道。最初に外へと出るときに使った噴砂《アヌウフ》だけだ。

我らは噴砂へと続く洞穴を進んだ。進むにつれて臭いが消え、自生した蛍草の灯りで道が照らされるようになった。

とうとう行き止まりまでやってきた。

そこが砂の生まれる場所、噴砂だ。

そこに立ち上を見上げれば、遥か向こうに本物の空が見えていた。ここからは間をおいて砂が噴き上がる。以前はそれに乗って外へと出た。これがもう一つの出入り口となるのは間違いない。このままにしておけば、キタイの物売りたちはここに筒を通すだろう。

私は背負った袋を降ろした。

水辺での戦いでは濡れないようにかなり離れたところに置いてあった。もちろん中身は〈滅びの赤〉だ。

最後の一枚を噴砂から離して置いた。これに矢を射て岩を崩し、噴砂からの道を塞ぐつもりだった。矢が最後の一本となっていた。代わりにマヴォの持ってきた石を投げる革紐を使おうとも思ったのだが、残念なことに物売りと戦っているときに革紐が切れて使い物にならなくなっていた。

矢が外れれば、その度に矢を追って取りに行かねばならない。

まあいいだろう。

焦らねばならない理由はなにもない。

そのとき私はそう思っていた。

弓自慢のナナシが矢をつがえる。

ぎりぎりまで引き絞った弦を離す。

その時だ。

人影が現れた。オームだ。

すでにナナシの手から矢は放たれていた。

その人影はまっすぐ〈滅びの赤〉へと向かうと、飛んできた矢をあっさりと摑んだ。

それを見たときには、グインが走っていた。

駆け寄るグインの目の前で、そのオーム――キタイの物売りは矢をへし折った。

あのまま溺れ死にはしなかったのだ。

物売りは濡れた髪から水を滴《したた》らせながら、悪鬼のような顔で我らを睨んだ。

「臭い猿どもが」

吐き捨てるように物売りは言って〈滅びの赤〉をつまみ上げた。

マヴォが、イシュが、そして私とナナシがグインへと駆けよる。

「来るな！」

グインが後ろの我々に向かって言った。

「この馬鹿が何を考えているのか知らないが、最後の矢は失われた。遠くから〈滅びの赤〉の力を出す方法はもうない。穴をふさぐには、誰かがここで〈滅びの赤〉を叩く以外ない」

ごごごごと地鳴りがした。

砂が噴き出す刻が近づいているのだ。

物売りは顔を怒りに歪ませて言った。

「たかがサルごときが英雄気取りか。反吐が出る。皆ここで死ね」

〈滅びの赤〉を手にずんずんと近づいてきた。

皆を巻き添えにして死ぬつもりなのだ。

グインが矢よりも早く物売りに飛び掛かっていった。

頭を狙うかと思わせた剣が、物売りの鼻先をかすめる。

いったん地につくかと思うほど振り下ろした剣が一閃してひるがえった。

下から剣が跳ね上がる。

見事な太刀筋だった。物売りの腕が一瞬にして骨まで断ち切られる。

腕は〈滅びの赤〉を摑んだままぽんと宙に飛んだ。

己の身に何が起ったのかもまだわかっていない物売りに、グインは肩からぶつかっていった。

朽ち木のように物売りが後ろに倒れる。

その上に、グインはまたがった。

「これを神の意志と知れ！」

叫び、切っ先を喉へと突き立てた。

物売りの顔がまるで笑っているようにぐにゃりと歪む。

「あらあらあら………」

そう言って物売りは大量の血泡を噴き、息絶えた。

「さあ、行け」

グインは立ち上がると言った。

「早くしないと、次にいつ砂が噴き出すのかわからないぞ」

「リアード様。あなたを残してはいけない」

マヴォが前に出た。

ひざまづきグインにしがみつく。

「あなたはセムの希望なのですから」

グインはマヴォの脇に手を入れると、その身体をひょいと持ち上げた。私には一瞬グインがリアードそのままの巨体の持ち主であるように見えた。

「いいかね、マヴォ。私が希望なのではない。私は希望への敷石だ。流れる砂に足元を救われぬように私はいる。〈滅びの赤〉の力をここで使えば、それで噴砂は砂を噴き出す力を失うかもしれない。そうなると我らはここから二度と出られなくなる」

「それほどに〈滅びの赤〉の力は大きいのですか」

マヴォは私を見て言った。

そうなのか？　という目でみんなも見る。

私はうなずいた。

「〈滅びの赤〉は神の力だ。我らにその力を計ることは出来ない」

私の言葉に、しかし、とマヴォが言いかけたとき、グインはイシュに彼女を手渡した。

「さあ、イシュトヴァーン」

イシュはマヴォを受け取り、その肩を抱いた。

「イシュトヴァーンよ。彼女を無事に村まで届けてくれ。我が名はリアード。すべての人《セム》を守るものだ。私はお前たちを守るためにここにいるのだよ。さあ、行け。行ってくれ。それが私の願いだ」

　地響きはどんどん大きくなっていく。

「クサレよ。すべてを語れ。リアードがどのように生きてどのように死んだのか。リアードの物語《カタリ》を皆に伝えてくれ」

　深く頷くと私はみんなを見て言った。

「さあ、行くぞ」

　再び下した腹のような音を立てて地面が揺れた。

「走れ。間に合わないぞ」

　我らはその洞穴の行き止まり、白い砂が盛り上がった場所へと走った。

　そこには長い縦穴が開いていた。上を見上げれば、遥か頭上に本物の空が見える。

　怪物が唸るかのようなおぞましい音がした。

　私たちはそこに立ち、振り返った。

　剣を持ったグインが、彼方に立っていた。まるで英雄を刻んだ石像のようだった。

「リアード様！」

　マヴォが悲痛な声を上げた。

「リアードは死なない」

誰に言うでもなく私は言った。

「カタリの中でリアードは永遠に生き続ける。我らは語られることで生き延び生き絆《つな》ぐのだよ。語り続ける限り、それがたとえ何処とも知らぬ地で見たこともない人々に語り継がれるのであったとしても、我らに死はない。私には見える。語るがために生まれてきたものが、生ある限り我らの物語を語り続けるのを」

どんっ、と大きく地面が揺れたかと思うと、足元の砂が波打った。

と、ぐんっと下から突き上げられた。

砂が噴きだしたのだ。

一度だけ巻き込まれた大砂嵐の中でもこれほど掻き回されはしなかった。

砂の流れに魂までバラバラになりそうなほど揺さぶられ、我らは皆砂の上へ噴き出された。間違って石を口にした砂トカゲのように、大地は我らを吐きだしたのだ。

無事を確かめる暇もなかった。

どん、と再び地響きがした。

また地面が波打つ。

そして少し離れたところに穴が開いた。

そこに砂が流れ落ちて行く。

まるでオオアリジゴクの巣のように、穴へと砂が流れ込んでいくのだ。

〈滅びの赤〉の力で洞窟が崩れたのだろう。

「走れ！　走れ！」

今日何度同じ台詞を言っただろうか。

関節が軋《きし》み、肉は重い。

それでも我らはその砂の穴に呑まれぬよう、必死になって走った。

砂はいつまでも穴の中へと流れ込んでいく。まるでマピ・マピ・エシュコを埋め尽くすかのように。

どれほど走っただろうか。

ようやく砂が流れていないところにまでやってきた。

誰がともなく脚を止め、その場に座り込んだ。

陽の位置からすると、まだ夜が明けて間がないようだ。

恵みの光が砂を照らしていた。

「狗頭山《ガルラタミヤ》が見えるぞ」

イシュが、いや、イシュトバーンが言った。

「マヴォの村へと戻ろう」

私は言った。

「そこでまずは語ろう。我らがどのような旅をしてきたのかを」

＊

というわけで〈滅びの赤〉はすべて失われたのだよ。おまえたちもわざわざここまで来て無駄足だったな。今更手に入れようとしてももう無駄だ。〈滅びの赤〉への道はもうない。なにしろ砂の底の底の世界は砂に埋もれてしまったのだからな。わかったかね。おまえたちが策を弄して手に入れようとしたものは永遠に失われた。残念だったな。

なに？　それもこれも嘘なのではないかと。

そうだな。そうかもしれない。

しかしそれなら事情を知る正直なセムに訊ねるがいい。私の語ったことが正しいことを皆が認めてくれるだろう。確かに私は生まれついての嘘つきであり、カタリを生業《なりわい》とするアルフェットゥ語りだがね。だからといって嘘ばかりついているわけではない。第一それでは正直者とかわりないではないか。嘘は真実と混ざるからこその嘘なのだよ。

わかったかね、キタイの物売りよ。簡単にセムをだませると思ったのなら大きな間違いなのだ。セムは大きな物語《カタリ》の中で暮らす。そしてその物語はすべてセムの勝利で終わるようになっているのだ。

めでたやめでたや。

かくてこの世はしかるべき。もって砂の如し。

あとがき

あとがきの参考にしようとグイン・サーガのあとがきを読んでいて、『永遠への飛翔』のあとがきでこんな文章――「グインの先」というのは、私が何かあったとしてもなかなか書き続けようという人はいないだろうなあ、と思ったりすると、やっぱし体に気をつけて、健康に留意していようかな――を見つけてなんだか切ない気持ちになった牧野です。

グイン・サーガの世界を使った、いわゆるシェアードワールド小説を書いてみませんかという話があったとき、当然のことながら躊躇した。要するにそれって外伝を書くことでしょ。私にそんな事ができるだろうかと、散々迷った考えた。

何しろ相手は正伝外伝あわせて百五十冊を超える物語の海だ。不用意に飛び出していったら溺れること必至なのだ。正直言えば怖かった。

それでも引き受けたのは、やはり楽しそうだと思ったからだ。溺れることを怖れるあまり、潮干狩りもできないのじゃもったいなすぎる。もしかしたらクルーザーで遠くまで遊びに行けるかも知れないじゃないか。そんなことを夢想するとワクワクしてくる。

まあ、要するに欲ですよね。

私なりに栗本作品を如何に料理するか、目に物見せてやるから待ってろよ。そんなことを考えて突撃して、即座に撃沈した。

手に余るとはこのことだ。

グイン・サーガ・シリーズを読み続けるという、海をコップですくい上げるような作業を続けた。無駄だった。何をどうやって進めたらいいのかがわからなくなった。そしてふと気がついた。私は聖書に関する物語を書こうとして聖書そのものを書こうとする愚を犯しているんじゃないかと。

んなことできるわけがない。

で、考えた。このプロジェクトに参加している作家は三人。久美さんと宵野さんのお二人はかなり正統派グイン世界に近しい作家だ。よしよし、このお二人にそっちの方はお任せしちゃおう。だいたい私のところに話がきたのは、正統ではないものを期待したからだろう。グイン・サーガ・ワールドという豊かな物語世界がごろりとそこにあるのだから、私はそこで遊んでいればいいのだ。と勝手な理屈を組み立てたら、かなり気が楽になった。というか、楽しくなってきた。途中からは、匿名性の高い神話世界を使って小説を書いているのだ（たとえばクトゥルー小説みたいにね）という気になっていた。とはいえ、そこで自分の小説をただただ書いていくつもりはなかった。グイン世界を利用し消費するだけではあまりにも不遜であり失礼である。

私は栗本薫という作家のことを想った。

百十巻目である『快楽の都』のあとがきで、このように書いている。

――結局のところ、私はただ単にお話を書くのが「好きで好きでたまらない」だけの人間なのですね。

この世には物語に愛された（呪われたともいえるが）人間がいる。栗本薫は間違いなくその「病としての作家」とでもいうべき稀有な才能の持ち主だ。何しろ下書きなしで一発勝負、書き直すことはないと明言し、一日九十枚書いたこともあるという。もしかしたら生まれついた時から、マトリョーシカのように頭の中に物語が無限に層になって眠っているんじゃないだろうか。

同じあとがきの中でこうも書いている。

――うわあ、なんてこの話を書くのは面白くて楽しいんだろう。

なんども言うようだがこれは百十巻目のあとがきの文章だよ。

確かに小説を書いていると、この世界設定と人物造形でまだまだ書けるな、と思うことはある。そして実際にシリーズ物はそうして書かれていく。しかしたいていは十巻も越えると疲弊してくる。体力ない私なんかは三巻も書けばすっかり息切れしてしまう。それを百十巻目で本気で楽しんでいるのだ。普通なら最後の最後まで絞りきった歯磨きのチューブみたいになっているはずだ。しかもはさみで半分に切って、「もう勘弁してください」と泣きながら中身を歯ブラシで掻き出しているだろう。

それが「うわあ、なんてこの話を書くのは面白くて楽しいんだろう」ですよ。

こんな人が創り出したのがグイン・サーガの世界なのだ。

宝島社から出ている『グイン・サーガ　PERFECT BOOK』の中のインタビューで、このように語っている。

――正しい人物造形、正しい配置、正しい環境を把握をしていれば、彼らのほうから勝手に行動を起こすわけです。

そして、世界そのものを提供しリアルなものとして存在させるところまでできれば、その中に投げ入れられたあれこれが必然としてリアクションを連続させ、物語が自然につくられていくのだと語っている。

つまりこれは、作者栗本薫もまたグイン・サーガというシェアードワールドで戯れている人間の一人であるということを意味している。

神の視点を有した栗本薫は最も自由で優れたグイン・サーガ・ワールドの語り手である。そしてグイン世界の中には、彼女以外に一人称で物語る人物が無数にいるはずだ。そこではパロがケイロニアがモンゴールが、それぞれの国の軍人が商人が貴族が、それぞれの言葉でそれぞれの歴史を一人称で語っているはずなのだ。そうやって皆がそれぞれの視点で語り継ぐ物語の総体が「世界」というものなのだから。

そこまで考えてから私は夢想したのだ。

ノスフェラスではセム族がグインと共に戦った物語をずっと語り続けているだろうと。

そのセム族の語り手も、グイン世界の中で物語を紡ぐ者として、すべての創作者である栗本薫と同一の存在なのだともいえる。

私を飛び越え、私の作中人物と作家栗本薫がつながっていく。そんなことを考えていると目眩がしてきた。

私はグイン世界の端の端の水たまりでグルグルと回っている小さな虫だ。一匹の蝶の羽ばたきが遠く離れた場所の天候を変えるように、ぐるぐると回るミズスマシの波紋が池へと広がり、池は河と通じ河口へと流れ大海を成立させる、かもしれない。

一匹のミズスマシも無力なわけではない、かどうかはわからないが、そう思えば小説を書く勇気も生まれるではないか。

というわけでぽつぽつと物語と物語を物語る者の物語を書いてきた。それがこの『リアード武侠傳奇・伝』だ。

今までグイン世界を支えてきた読者からの「なんじゃこりゃ！」という声が聞こえるようだが、これは同じ一読者として栗本薫に捧げた物語でもあるのです。巨大な物語世界はそんな読者の奇妙な妄想にも優しかった。グイン世界でこんなことを考えた人間もいるのだと、皆さんにも笑って許してもらえるのなら何よりも嬉しい。

それから、もし私のこの小説で初めてグインの世界に接した読者がおられるのなら、このような奇妙な物語をもあっさりと呑みこんでしまう、大きな大きな物語世界がこの背景にあることを知ってほしい。そしてその巨大なグイン・サーガ・ワールドにも触れて欲しい。その道標《みちしるべ》になれたのなら、これ以上の名誉はない。

謝辞を述べればきりがないのだが、怖ろしい秘境ノスフェラスを旅するにあたって、田中勝義さん八巻大樹さんのお二人には手取り足取り先導していただいた。感謝の言葉もない。今回のプロジェクトに誘ってくださった担当編集者の阿部さん、旅の仲間である（勝手に仲間扱いしてます。すみません）久美さんと宵野さん、そして今岡さん。みんなの協力がなければ一行だって書けなかったことだろう。本当にありがとうございます。

そして最後にこの物語を最後まで読んでくださったあなたと、読もうとしているあなたにも感謝の言葉を。ありがとうございます。

物語を必要としている人がいる限り、それは終わらない物語として語り継がれることでしょう。

最後の最後はやはり栗本薫ご自身の言葉で終りにしましょう。

——とにかく「グイン・サーガ」はとどまりません。流れ続けます。それだけはもう確かですね。

九十三巻『熱砂の放浪者』あとがきより

GUIN SAGA

グイン・サーガ外伝23

星降る草原

久美沙織

天狼プロダクション監修

（ハヤカワ文庫ＪＡ／１０８３）

草原。見渡す限りどこまでもひろがる果てしないみどりのじゅうたん。その広大な自然とともに暮らす遊牧の民、グル族。族長の娘リー・オウはアルゴス王の側室となり王子を生んだ。複雑な想いを捨てきれない彼女の兄弟たちの間に起こった不和をきっかけに、草原に不穏な陰が広がってゆく。平穏な民の暮らしにふと差した凶兆を、幼いスカールの物語とともに、人々の愛憎・葛藤をからめて描き上げたミステリアス・ロマン。

GUIN SAGA

グイン・サーガ外伝25

宿命の宝冠

宵野ゆめ

天狼プロダクション監修

（ハヤカワ文庫JA／1102）

沿海州の花とも白鳥とも謳われる女王国レンティア。かの国をめざす船上には、とある密命を帯びたパロ王立学問所のタム・エンゾ、しかし彼は港に着くなり犯罪に巻き込まれてしまう。一方、かつてレンティアを出奔したが、世捨人ルカの魔道によって女王ヨオ・イロナの死を知った王女アウロラがひそかに帰還していた。そして幾多の人間の思惑を秘めて動き出した相続をめぐる陰謀は、悲惨な運命に導かれ骨肉相食む争いへと。

GUIN SAGA

世界最大のファンタジイを楽しむためのデータ&ガイドブック

グイン・サーガ・ハンドブック Final

栗本 薫・天狼プロダクション監修／早川書房編集部編
（ハヤカワ文庫JA／982）

30年にわたって読者を魅了しつつ、130巻の刊行をもって予想外の最終巻を迎えた大河ロマン「グイン・サーガ」。この巨大な物語を、より理解するためのデータ&ガイドブック最終版です。キレノア大陸・キタイ・南方まで収めた折り込みカラー地図／グイン・サーガという物語が指し示すものを探究した小谷真理氏による評論「異形たちの青春」／あらゆる登場人物・用語を網羅・解説した完全版事典／1巻からの全ストーリー紹介。

早川書房

著者略歴　1958年大阪生，大阪芸術大学芸術学部卒，作家　著書『王の眠る丘』『MOUSE』『傀儡后』『月世界小説』（以上早川書房刊）『屍の王』『偏執の芳香』『アシャワンの乙女たち』他

HM=Hayakawa Mystery
SF=Science Fiction
JA=Japanese Author
NV=Novel
NF=Nonfiction
FT=Fantasy

グイン・サーガ外伝㉔

リアード武侠傳奇《ぶきようでんき》・伝《でん》

〈JA1090〉

二〇一二年十二月十五日　発行
二〇一七年十一月十五日　二刷
（定価はカバーに表示してあります）

著者　牧《まき》野《の》修《おさむ》
監修者　天狼《てんろう》プロダクション
発行者　早川浩
発行所　株式会社早川書房
郵便番号　一〇一‐〇〇四六
東京都千代田区神田多町二ノ二
電話　〇三‐三二五二‐三一一一（大代表）
振替　〇〇一六〇‐三‐四七七九九
http://www.hayakawa-online.co.jp

乱丁・落丁本は小社制作部宛お送り下さい。
送料小社負担にてお取りかえいたします。

印刷・株式会社亨有堂印刷所　製本・大口製本印刷株式会社

ISBN978-4-15-031090-5 C0193